クトゥルー・ミュトス・ファイルズ
The Cthulhu Mythos Files

ファントム・ゾーン

邪神狩り

樋口明雄

創土社

《登場人物紹介》

＊深町彩乃《ふかまちあやの》
横浜本牧に事務所をかまえる私立探偵。実は邪神の眷属である屍鬼たちを狩り出す闇のハンター。〝発現者〟である藤木ミチルを守る〝守護者〟でもある。

＊藤木《ふじき》ミチル
十一歳で〝発現者〟として覚醒し、御影町から脱出して以来、邪神——旧支配者の復活を妨げる存在として生きることになる。横浜の隣街にある大学に通う学生。

＊黒沢恵里香《くろさわえりか》
〈CJ's BAR〉でピアノを弾きながら唄う美貌の女性シンガー。かつて御影町で絶体絶命の危機に陥ったとき、彩乃たちに救われ、そこである意外な才能に目覚める。

＊神谷鷹志
神奈川県警のキャリア組警官、階級は警視。横浜の街に頻出する怪事件をいち早く察知するが、そのために周囲から孤立してしまう。

＊ジャック・シュナイダー
横浜本牧にある〈CJ's BAR〉のマスター。実は元軍人、傭兵。彩乃や恵理香たちの最大の理解者であり協力者でもある。

＊成田・山西
港町警察署の古株の刑事コンビ。

＊屍鬼《しき》
古き邪神たちの眷属。姿かたちは、人々のトラウマや妄念が生み出したさまざまな恐怖の具現化。

〈これまでのあらすじ〉

〝御影町〟という名のひとつの街が消えた。人々の記憶からなくなり、歴史の記録からも消え去ってしまった。

そんな怪現象を取材していたオカルト雑誌の編集者、深町彩乃は電車の中で美少年、藤木ミチルと出会う。

ふたりは行動をともにするが、魔物に変貌した人々に次々と襲われる。あわやというときに現れ、救ってくれたのは、頼城茂志と名乗る謎の男。彼はミチルの〝守護者〟なのだという。

ミチルは古き邪神の復活をさまたげる〝発現者〟だった。

彼を執拗に狙うのは〝司祭〟と名乗る魔人。彩乃は頼城とともにミチルを守ろうとするが、〝司祭〟は恐るべき力を使ってミチルを捕らえ、連れ去ってしまった。

彩乃たちはミチルを救い出すため、消失した〝御影町〟に潜入するが、すでに街はザイトル・クァエという邪神に支配され、人々の恐怖が具現化した屍鬼たちによって恐るべき殺戮の世界と化していた。

しかも〝守護者〟として二百年の年月を生きてきた頼城の肉体はそろそろ限界を迎え、急速な衰えを見せ始めていた。

男から女へ、女からまた男へとその力を託されていく〝守護者〟。頼城の死をもって、彩乃もまた〝守護者〟として覚醒する。

生き残った数少ない人々と力を合わせ、魔物たちを斃し、彩乃とミチルは〝御影町〟から脱出した。

それから八年後——
新たな力を得た屍鬼たちは、恐るべき手段を使って邪神の復活を成し遂げるべく暗躍を始めていた。

目次

序章

横浜《ハマ》の街が真夜中の雨に濡れ光っていた。

昏《くら》い波が打ち寄せる埠頭《ふとう》の倉庫街。

山下公園の一角に繋がれた氷川丸《ひかわまる》。

大桟橋《だいさんばし》に停泊中の巨大な豪華客船。絢爛《けんらん》たる光輝に彩《いろど》られた、みなとみらいの象徴《しょうちょう》たるクロックタワー21の観覧車。

異国情緒《いこくじょうちょ》たっぷりな中華街に入り組んだ狭い路地。

無数のヘッドライトが重なる湾岸道路。

すべてが、しとしとと降り続く六月の陰雨に包まれている。

西横浜駅近く、相鉄《さがみ》本線と東海道本線、横須賀線の軌道《きどう》が併走する長い高架の上を、目映《まば》ゆい窓明かりを連ねた快速電車が轟然《ごうぜん》と通り過ぎた。

無数の鋲《びょう》が荒々しく打ち並べられた錆《さ》び付いた鋼鉄の橋梁《きょうりょう》を揺るがしながら、それはあっという間に走り去り、ふいにまた雨音に彩られた静寂《せいじゃく》が戻ってきた。

その高架に沿った狭いアスファルトの道を、ネクタイをだらしなくゆるめた中年男がひとり、傘《かさ》を片手に歩いている。

いかにも裏通りらしく、シャッターを下ろした事務所、店舗などが軒を連ね、他に歩行者の姿はない。

まさに都会の死角とでもいうべき空間である。

男はどこかでしとどに飲んできたらしく、鼻歌に千鳥足《ちどりあし》。まさに酔歩蹌踉《すいほそうろう》の様子だ。

右に揺れ、左に揺れしながら歩を進めていたと思うと、水銀灯の柱の下で立ち止まり、傘を片手におもむろに立ち小便を始めた。

長い時間をかけて用を足してから、ふたたび歩き出す。

コンクリートのトンネルをくぐって、高架の反対側に向かおうとしたとき、男はふと足を止めた。酔眼をむりに見開くようにして、前方を凝視する。

高架の下、薄暗いトンネルの中に、人影があった。じっと佇立《ちょりつ》したまま、微動だにしない。

男の顔が一変した。顔の筋肉がゆるんだような、だらしのない笑みとなっていた。

人影は、やや小柄で痩身《そうしん》、それでいてタンクトップから剥《む》き出した肩から肘にかけて、形のいい筋肉がついている。

下はダブダブのカーゴパンツのようだが、くびれた腰からして女とわかる。年齢は二十代前半だろうか。

雨がさあっと音を立てた。風が女の匂いを運んできた。

「姉さん。ひとりで暗がりに立ってたりして、どうしたんだい」

男は濁声《だみごえ》を投げた。口許《くちもと》のだらしない笑みは相変わらずだ。

女のシルエットは沈黙していた。垂らした両手の先、拳《こぶし》を軽く握っている。

「オジサンが家まで送ってあげようか。それとも……近くのホテルのほうがいいかい」

なおも沈黙。

男はさすがに奇異に感じたようだ。

「おい、何とかいえよ。そんなところにぼさーっと立っててられちゃ、通行の邪魔だろうが」

怒声が高架のトンネルに響いた。その余韻《よいん》が消えぬうちだった。

ふいに後ろに低い唸《うな》り声が聞こえた。

人ではない。獣のものだ。

男は傘を差したまま、振り向いた。雨に濡《ぬ》れ、街灯に光るアスファルトの路上を、真っ黒な影が歩いていた。四足歩行の動物。それもかなりの大型である。

それが水銀灯の明かりの下で足を止めた。

男が息を呑んだ。

ピンと立ったふたつの耳。翡翠《ひすい》のように青白く爛々《らんらん》と輝く、吊り上がった双眸《そうぼう》。大きく裂けた口から、白い牙が垣間《かいま》見えている。

狼であった。

剛毛が雨に濡れて毛羽立《けばだ》っていた。

外国の原野《げんや》や動物園の檻《おり》の中ならともかく、こんな街中で、それも横浜の市街地に狼なんかがいるはずがない。

男がかぶりを振った。飲み過ぎたせいで幻覚を見ているのか。それとも、そもそも夢かと思っているのだろう。

それはまた唸った。地鳴りのような声であった。

口許から洩《も》れた白い呼気《こき》が闇の中に流れている。

――ミロ。間違いなく、この男だね？

女の声に、彼は振り返った。

トンネルの中、さっきと同じ場所に女の影が立っていた。その右手に黒い何かが握られている。

拳銃だった。大きなセミ・オートマチックである。

「あ、あんたは誰だ。強盗か」

「西川繁雄《にしかわしげお》さん。横浜市保土ヶ谷《ほどがや》区のＩＳテクノ産業の企画課長。住所は西平沼《にしひらぬま》町二丁目の光陽マンション三〇一号室」

女は抑揚のない声で、淡々とそういった。

「なんだって俺のことを知ってる」

「私は探偵なの。他人を調べることが仕事」

「まさか、女房の奴が？　俺は浮気なんぞしとらんぞ」

「あなたの奥さんは、もう死んでるわ。中学三年になる息子さんといっしょにね」

「何をいう！」

女が一歩、歩いてきた。

街灯がたまたま顔の下半分に当たった。うっすらと笑みが浮かんでいる。

「そしてあなた自身もまた、すでに死んでいる」

「血迷《ちまよ》いごとをほざくな」


男――西川が狼狽《うろた》えた声を放ったとたん、頭上の高架を長く連結された電車が通過し始めた。その窓明かりが断続的な光輝となって、闇を点滅させ始めた。

女が右手に持っていた黒い大きな拳銃を、まっすぐ前に向けた。

拇指《おやゆび》がセフティを解除するかすかな金属音。

直後、鋼鉄の車輪と軌道が立てる轟音の中で高架が揺れた。その音に混じって耳をつんざく銃声が轟いた。

左肩を撃ち抜かれた西川が、右手の傘を放り投げてよろめいた。

続けて、二発目。さらに三発目。

銃弾は正確に彼の右と左の太股《ふともも》を捉え、血煙《ちけむり》を生じた。

濡れた路上にがっくりと膝《ひざ》をつき、男は雨に濡れた顔を上げた。目が血走っていた。

電車が通過し、去っていき、また雨音だけになった。

女は拳銃を片手でまっすぐかまえていた。周囲に青白く硝煙《しょうえん》が立ちこめていた。

「あなたは五日前に西川繁雄さんを殺し、肉体を乗っ取った。それから家族を殺した。なりすましていたつもりが、どこか怪しいと気づかれたからよ。だから躊躇《ちゅうちょ》なく奥さんと息子さんを殺し、ふたりの死体を喰った」

「頭がどうかしてるんだ。そんなの妄想《もうそう》に決まってるだろうが」

彼は膝をついたまま、いった。

流れ出した腥血《せいけつ》が雨に濡れた路面にしたたり落ちている。

「どんなに巧《たく》みに化けてもごまかされない。とりわけ、私の相棒の目と鼻はね」

またもや低い唸り声。

肩越しに振り返った彼の前で、狼のような獣が牙を剥き出している。

鼻に無数の皺《しわ》を刻む険相《けんそう》をこしらえて、そいつは足音もなく近づいてくる。

また高架の上を電車が通過した。今度は反対側の軌道を走り抜けている。

闇と光が交互にくり返された。

男は震え始めた。

恐怖ゆえの震えではなかった。躰全体が蠕動《ぜんどう》しているのである。

痙攣《けいれん》のような小刻みな震えがしだいに大きくなり、男はのたうつように全身を揺らし始めた。

ゆっくりと両手を左右に開いた。濡れた路上に両膝をつき、まるで舞台役者のポーズのようだ。

だしぬけに男の顔が——バリッといやな音を立てて左右にちぎれるように割れた。

幾筋かの糸を引きながら裂けたそこから、赤黒くぬめった肉の塊《かたまり》が飛び出してきた。

そこには無数の目があった。さながら花弁《かべん》を開くように、粘液《ねんえき》に包まれたそれはさらに四つに割れ、カミソリのような鋭い牙がそこに並んでいるのが見えた。

その肉塊が右に左にねじくれながら、急速に女に向かって迫っていく。

女がまた撃った。立て続けに三発。ホローポイントの銃弾を受け、不気味な肉塊が青い飛沫《しぶき》を散らして砕けた。

膝をついた男の両手がぷるぷる震えている。今度はそれが鞭《むち》のようにしなやかに伸びた。


闇にカーブを描きながら、ふたつの手が女に迫る。

女はショルダーホルスターの脇の下に拳銃を突っ込むと、腰につけていた別のホルスターから大きな銃を引き抜いた。

サイド・バイ・サイド——水平二連のショットガン。銃身とストックを短く切り詰めたソウドオフと呼ばれる散弾銃だ。

女は腰だめにそれを両手でかまえ、ぶっ放した。

鼓膜《こまく》をつんざくような派手な銃声。青白い、巨大なマズルファイア。

怪物と化した男の上半身がちぎれた。粘液を四散させて爆発したように瓦解《がかい》した。

長く伸びていたふたつの手が、ぱたりと音を立てて路面に落ちた。

二発目。

残った下半身が炸裂《さくれつ》した。

電車が通過し、沈黙が闇を領していた。静かな雨音がまた戻ってきた。

女は拇指でレバーを操作し、素早くショットガンの銃身を折った。

立ちこめる硝煙の中、プラスチック製の空薬莢《からやっきょう》をふたつ、指先で抜き出す。ズボンのポケットからとりだした十二ゲージのダブルオー・バック弾をあらたに双方の薬室に装填《そうてん》し、銃身を戻す。

躰の前でそれをかまえながら、慎重《しんちょう》に近づいていく。

彼女の相棒――大きな狼犬も、そっと足音を殺してやってきた。

もはや人間の形はおろか、最前の魔物の姿の原形すらとどめないほど破壊された〝それ〟は、まだ躰をふるわせていたが、突然、青白い炎を発して燃え始めた。

その炎の中で、ドロドロに溶解していき、異様な臭気を洩らす煙となった。やがて焦げ痕《こあと》が雨に打たれて側溝に流され、すべてが完全に消えてしまった。

女はかまえていたショットガンにセフティをかけ、太股のホルスターに戻す。

「終わったよ、ミロ。飲みにゆこうか」

踵《きびす》を返し、高架下のトンネルに戻る。

その場に落としていたモスグリーンの軍用コートを拾い上げ、大きくはためかせるようにしてはおる。

そして狼のような大きな犬を従え、トンネルの向こうの漆黒《しっこく》の闇に消えていった。

第一部

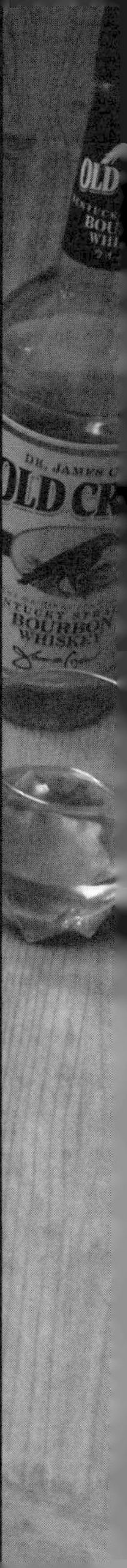

1

真夜中、零時《れいじ》をまわった時間。

本牧埠頭《ほんもくふとう》のヨットハーバーは夜の雨に昏く沈んでいた。

かつて大勢の若者たちやセレブな紳士淑女が、高級ヨットを操ってはセイリングを楽しんでいたあの時代。それがまるで幻のように、今はすっかり寂れ、くすんだ感がある。

眠ったように闇の中にたゆたうハーバー入り口には、古くからあるクルージングクラブのレストラン。

そこに隣接して、三階建てのやけに古びた雑居ビルが建っていた。ひび割れ、無数の蔦《つた》が這った正面の壁に、青と赤のネオンが瞬《またた》きながら光っていた。

〈CJ's BAR〉と読める。

同じ店名が描かれた磨《す》りガラスのはまる重厚な木造りの扉を引いて入ると、〈サマータイム〉をけだるげに唄うビリー・ホリディのヴォーカルが出迎えてくれる。

店内は意外に広く、板張りのフロアに円形テーブルが五つ。中央に羅紗《らしゃ》の破れかけたビリヤード台。

壁際《かべぎわ》にはクラシカルなジュークボックスがあり、いちばん奥には大きなグランドピアノが鎮座している。黒いオールカバーには〈STEINWAY & SONS〉と読めた。

右手には海に面した窓があり、その傍《そば》には、年季の入った木製の大きなカウンターテーブルがどっしりと横たわっている。

ストゥールのひとつに深町彩乃《ふかまちあやの》が腰を下ろしていた。

カウンターに肘を預け、頬杖《ほおづえ》をついたまま、片手の指にキャメルを挟み、火口から細く立ち昇る紫煙を見つめていた。

やや茶系に染めたポニーテイルの髪。黒のタンクトップにモスグリーンのカーゴパンツ。雨に濡れた軍用コートは折りたたまれ、隣のストゥールの上に置いてある。

彩乃の背後には、大きな狼犬が板張りの上に伏せたまま、銀のボウルの中身を、長い舌を使ってピチャピチャと舐めていた。

カウンターの奥。照明の当たるバックヤードの棚には、ウイスキーをメインにして無数のボトルが整然とならび、一点の曇《くも》りもないほどに磨き込まれたグラスが伏せて置かれている。

その前でこの店のオーナー――大柄で髭面《ひげづら》の白人、ジャック・シュナイダーがアイスピックで氷を砕いていた。掌《てのひら》に載せたまま、器用に丸く削っている。

ジャックは今年で七十になるが、そんな年齢を感じさせないほど若々しく、溌剌《はつらつ》としている。〈LAD　Los Angeles Dodgers〉と書かれたTシャツがはち切れんばかりに胸板《むないた》が厚く、半袖から突き出した毛むくじゃらの腕は大人の太股ほどもある。そこに〝COLT 45〟という文字と拳銃をかたどった青い刺青《いれずみ》が目立っている。

ジャックはちょうどゴルフボール大に仕上げたまん丸い氷の玉を、翡翠のように蒼《あお》い眸《ひとみ》でしげしげと見つめ、それをグラスにカランと音を立てて落とした。

オールドクロウのバーボンをたっぷりと注い

でから、紙のコースターに載せ、彩乃の前に差し出した。

「サンクス。ジャック」

「これでおしまいにしときな。七杯目だぞ」

タオルで手を拭きながら店主がいう。流暢《りゅうちょう》な日本語だ。

彩乃はグラスを目の前に持ち上げ、うっとりするような表情で琥珀《こはく》色の酒を見つめる。それから一気にグラスを半分、飲み干した。

「お金なら払うよ」舌なめずりをしていう。

「マネーじゃない。あんたの健康の問題なんだ。彩乃」

「知ってるでしょ。ジャック。私にはもう健康も不健康も関係ないの。これから先、いやってほど長く生きていかなきゃいけない」

そうつぶやき、グラスに口をつけた。


焼けるような刺激が喉《のど》を這い下りてゆく。

「飲み過ぎっていえば――」

肩越しに振り向き、フロアに這いつくばるようにピチャピチャと音を立てている相棒を見る。

「ミロのほうがそうじゃない?」

ジャックが苦笑いした。

「あんたとミロのその飲みっぷりじゃ、うちの酒をみんな飲み干されちまう」

体重が五十キロ近くある牡《おす》のハイブリッドウルフが無心に舌を使って飲んでいるのはバドワイザーである。

この狼犬は何よりもアメリカ製のビールが好きなのだ。しかも、いったん飲み始めるとスタイニーボトルが数本、空《あ》く。

あげく、まっすぐに歩けぬほど、しどどに酔っ払うが、ひと寝入りしただけでケロリとした様子で素面《しらふ》に戻ってしまう。

シンリンオオカミとマラミュート犬をかけあわせたこの狼犬は四歳。

アラスカにいたとき、飼い主だった男が病死し、引き取り手もなく殺されるところだった。それをたまたま彩乃が見つけ、日本に連れ帰っていた。

ひと目逢ったときから、互いに惚《ほ》れ合い、以来、つかず離れずの毎日となっていた。

ミロという名は、ジャックが愛読していたジェイムズ・クラムリーのハードボイルド小説――〈酔いどれの誇り〉、〈ダンシング・ベア〉といった探偵シリーズの主人公の名からとったものだ。探偵の名はミルトン・チェスター・ミロドラゴビッチ。

同じく飲《の》ん兵衛《べえ》だったから、狼犬にもその名をつけた。舌を咬みそうだから、ミロと呼ばれている。

やがて狼犬は満足したのかボウルから顔を上げ、前肢を突っ張って、大きく伸びをしたかと思うと、人間そっくりのゲップを出した。それからまたフロアに大きな胴体を落とし、気持ちよさそうにクルリと丸くなってしまった。

「ふたりともソルジャーとしては致命的な欠点だな。アル中コンビめ」

「あんただって若い頃はしとどに飲んでいたんでしょう」

「飲ん兵衛もガンマンもとっくに現役《げんえき》引退だ。だから、こうやって極東の小さな国でこぢんまりとバーの店主をやってる。おかげさまで平和で退屈な毎日だし、いい余生だ」

「何いってんの。火薬の匂いとは切っても切れないくせして」

そういって彩乃は肩を持ち上げて笑う。

若い頃、ジャック・シュナイダーは海兵隊にいた。

当時から彼はキャプテン・ジャック——ＣＪと呼ばれていた。それが今の店名の由来だ。

一九六九年、ニクソン大統領が就任した直後、彼がベトナム戦争に従軍したとき、すでに地上戦の現場は泥沼化していた。

彼は多くを語らぬが、そこで文字通りの地獄を見たという。

しかし除隊後もなぜか戦場の匂いが忘れられず、傭兵《ようへい》としてアンゴラ内戦やニカラグアの内戦などに参加。いずれの戦闘でも一度として負傷もすることなく帰国し、湾岸戦争ではふたたび軍属に戻って指揮官として参戦。

除隊後は民間で射撃インストラクターをやったり、警備会社のアドバイザーをしたりしていたが、あるときからＣＩＡの下部組織で国家機密に関するちょっとヤバイ仕事に関わっていたらしい。

そこでとんだ番狂わせがあった。

ジャックは作戦の失態に関する責任を押しつけられた。

特秘機密を知っている彼は危うく口封じされるところを脱出、海兵隊時代のツテを頼って横須賀に渡ってきて、やがて横浜に移った。

以来、二十年。彼はアメリカに戻っていない。祖国の土を踏めば、間違いなく暗殺される。

いや、この横浜にいたって決して安全とはいえないのだが——。

店の表に車の音がした。続いて、ドアの開閉音。

彩乃が振り返ると、入り口の扉が開き、三人の男たちが店に入ってきた。

雨に濡れた靴でドカドカと乱暴に店の奥まで入り込んでくる。

店内に流れる曲は〈サマータイム〉が終わって、アンディ・ウイリアムズが唄う〈マイ・ファニー・ヴァレンタイン〉に代わっていた。そのアップテンポな名曲を台無しにするような下卑《げび》た濁声で、男のひとりがいった。

「こんなところに店があるとは初耳だ。しっかしまあ、バタ臭いくせにしけた飲み屋じゃねえか」

ひと目でヤクザとわかる。

歳は四十前後。浅黒く、彫りの深い顔に伊達眼鏡《だてめがね》。高級そうなスーツに赤シャツ。ストライプ模様の細身のネクタイ。先の尖った革靴はイタリアのステファノ・ブランキーニ。

両手をズボンのポケットに突っ込み、猫背のスタイルである。

背後のふたりは子分らしい。右隣のダークスーツの男は五十代。

額が禿《は》げ上がり、顎《あご》が尖っていた。左頬を斜めに過《よぎ》る白い傷が目立っている。

左隣にはやや小柄ながら、逆三角形の上半身を誇示するマッチョ男が立っていた。

季節外れの派手なアロハシャツの前をはだけ、トラのイラストが描かれたTシャツが見えている。

剥き出した腕は太く、その点、店主のジャックによく似た体型だが、根本的な違いは明白だ。ジャックは戦場という現場で鍛《きた》えられた実戦的な肉体。

しかしこの小柄なヤクザは毎日、鏡の前でボディビルディングをやっていたのだろう。だから筋肉質でありながら、どこか愚鈍《ぐどん》さがぬぐえない。

「俺は前園《まえぞの》組の加賀《かが》ってんだ」と、伊達眼鏡の男がいった。

肩をいからせながら、ここぞとばかりに組の名を出す。

ところがカウンターの奥からジャックが冷めた目で彼を見ていた。

「We have already closed today.」

加賀と名乗ったヤクザのこめかみに青筋が浮いた。

「このくそガイジンが。日本にいるなら日本語で喋《しゃべ》れってんだ！」

ズボンのポケットに両手を突っ込んだまま、わざとらしく靴音を立てながらカウンター近くまでやってきて、これみよがしに顎を突き出してみせた。

「俺たちが明日からここらを地回りしてやっからよ。そのぶんのみかじめ料をいただきたいんだ。ユウ、アンダースタンド？」

ジャックは相変わらずしらけた顔で、かすかに肩を持ち上げただけだ。

そんな彼をにらんでいた加賀の視線が、ふいにすぐ近くで飲んでいる彩乃の姿に移った。

とたんに凄《すご》んでいた顔が変化した。

あからさまに欲情が表に出ている。暴力を背景にしたヤクザの威厳《いげん》をちらつかせさえすれば、どんな女でもモノにできると勘違いしているのだろう。

「あんた、常連かい。名は何てんだ」

無遠慮に横顔をじろじろと見ながら、加賀が訊いた。

彩乃は知らん顔でバーボンを飲んでいる。

「そっぽ向いてないでさ。こっち向けよ、ねえちゃん」

彩乃は指に挟んでいたキャメルをくわえ、火口を赤く光らせた。細長く煙を噴いて、加賀の顔にたっぷりとそれを吹き付けた。

たちまち形相が変わった。

「てめえ。なめんじゃねえぞッ」

彩乃の左腕を強引に掴《つか》んだ。

ところが、自分のほうに引き寄せようとして、女の躰がびくともしないのに気づき、奇異な表情になる。

彩乃は相変わらず涼しげな顔だ。右手で頬をはたいてやろうと振りかざしたときだった。

「兄貴……」

後ろから声がかかり、加賀が振り返る。アロハシャツのガテン系ヤクザが情けない顔で立っていた。

「何だよ、畑中《はたなか》。こんなときに――」

いいかけた言葉が止まった。

加賀の舎弟《しゃてい》ふたりのすぐ傍に、大きな狼犬がいた。

鼻の上に無数の皺を寄せた険相で、目を吊り上げている。かすかな唸り声が洩れた。

それまで店の片隅の薄暗い場所で寝入っていた大型犬に気づかなかったヤクザたちは、さすがに驚き、たじろいでいた。

彩乃の腕を掴んでいた加賀の手が、自然と離れた。

「狼だ……これ、マジに狼ですぜ、加賀の兄貴」

マッチョな小男の隣に立つダークスーツの男が狼狽えた声でいった。

「中井《なかい》。てめえもビビるな。ただの犬っころだ。片足上げなきゃ、小便もできねえんだろうさ」

そういいつつも、加賀は緊張の眼差《まなざ》しで、薄闇の中に立つ狼犬を凝視《ぎょうし》したまま、目が離せない。

とたん加賀が胸ぐらを掴まれた。ぐいっと顔を近づけ、彩乃がいった。

「相棒を侮辱《ぶじょく》したね」

「相棒？　犬っころが？　だから、何だってんだ」

彩乃は加賀の顔のど真ん中に拳をぶち込んだ。


鼻腔から血煙を飛ばしながら、ヤクザの男が吹っ飛んだ。

伊達眼鏡が砕け散って壁にぶつかり、本人はストゥールをいくつも派手に倒しながら、板張りのフロアに仰向けに叩きつけられる。

「このアマが！」

中井と呼ばれた、顎の尖ったダークスーツのヤクザが怒鳴った。が、すぐ傍にいる狼犬を見て、躰《からだ》が硬直する。猛獣みたいに大きな犬を前に、金縛りに遭ったように動けないらしい。

「ミロ。いいから、あんたは手出しをしないで」

彩乃がいうと、狼犬は不服そうな顔になり、ゆっくりとフロアの片隅まで退いた。

古めいたジュークボックスの隣に伏臥《ふくが》して、後肢の先でさかんに耳の後ろをシャカシャカと掻いてから、ふたつの前肢の上にそっと顎を載せる。

ヤクザたちはホッとした様子になった。自分たちの兄貴分を殴った女に向き直る。

同時にかかった。

彩乃が右足を飛ばした。ガテン系ヤクザの畑中が、股間をまともに蹴り上げられ、内股になって後退《あとずさ》る。

続いて中井の鳩尾《みぞおち》に拳がめり込んだ。口を尖らせたまま、苦悶《くもん》の表情を凍りつかせ、中井がその場に両膝を落とす。

彩乃は容赦しなかった。

自分から足を踏み込んで、跪《ひざまづ》いた中井の顎下に遠慮なく蹴りを入れた。

中井が何本かの歯を口から飛ばしながら、もんどり打って吹っ飛んだ。

続いて畑中にもトドメを刺そうと向き直ったときだった。

「動くんじゃねえ、くそ女がッ！」

最初に彩乃のパンチを顔に受けた加賀が、拳銃を片手でかまえていた。

もう一方の手でハンカチを持ち、鼻血をしきりに拭っている。トカレフの、おそらく五四式拳銃と呼ばれる中国製のコピーだろう。

下品なブランドファッションの低級ヤクザにふさわしく、安っぽいシルバーメッキに光ったオートマチックだった。

初弾を装填するのを忘れていたことに気づき、あわててスライドを引いて戻すと、それをぐいと突き出すようにかまえる。銃口がまっすぐ彩乃の顔に向けられている。

「ド素人《しろうと》」

彩乃が吐き捨てるようにいった。

「何だと？」

「銃の握り方ひとつでわかるのよ。目と腕の軸線から拳銃がずれてる。それじゃいくら撃っても標的には当たらない」

「て、てめえ。知ったかぶりじゃない。知ってるのさ」

「知ったかぶりいいやがって」

彩乃が薄笑いを浮かべた。

「だったら、当たるか当たらねえか、試してやろうか」

そういいながら加賀が拳銃をかまえたまま、彩乃に向かって足を踏み出した。

その刹那《せつな》。カウンター越しにひょいと手を伸ばした店主、ジャック・シュナイダーが、無造作に加賀の手からトカレフをむしり取った。

加賀が驚く暇すらなかった。

ジャックは拇指を撃鉄の前に挟んで暴発を防いだまま、それをクルリと器用に反転させ、素早くマガジンを抜いて足許に落とし、スライドを操作して薬室の初弾を弾いた。

空になったトカレフを軽蔑《けいべつ》するような目でしげしげと見てから、足許にあるゴミ箱に汚物を捨てるように放り込んだ。

加賀は魔法を見たような顔でそれを凝視していた。

ジャックは素知らぬ顔でカウンターの奥に立ち、自分のグラスにビールを注ぎ、それを美味《おい》しそうにぐいっとあおった。

「チンピラ風情《ふぜい》がプロ相手に粋がるんじゃないよ」

彩乃がいった。

加賀は本能的に後退った。ふたりの弟分たちも、緊張した顔で身がまえている。

「プロって何だ。あ、あんたら。いったい何者なんだ」

「それを知ったら、あんたたち、生きてここを出られない」

彩乃の目の奥に秘められた異様な迫力に、加賀はたじろいだ。

店の扉がふいに開いた。

外の雨音を引き連れて入ってきたのは、地味なスーツ姿の男ふたりだった。

ひとりは髪を角刈りに短く切り上げた中年男。右手に持ったゲンノウで、肩をトントンと叩いている。

隣に並ぶのは、やや若く、パーマをかけたようなボサボサ頭に口髭をたくわえた長身の男。

扉の磨りガラス越しに外で明滅するパトランプの赤い光が見えた。

「おいおいおいおい。どう見たってこれはノーマルな状況じゃあねえやなあ。あん？」

角刈りの男がゲンノウの肩たたきを続けながら、濁声でいった。

「あんた、もしかして港町署の刑事か」

表のパトランプに気づいた加賀の前に立ち止まり、角刈りの男がうなずいた。

「刑事課の成田《なりた》だ。こいつは部下の山西《やまにし》。ヤマちゃんって呼んでくれ」

ふたりして内ポケットから警察手帳のＩＤを提示してみせる。

「てめえは前園組の加賀だな」

「何だって警察がここに」

「気づかなかったのか。ずっと尾行してたんだよ」

隣に立つ山西がそういった。

成田はわざとらしく疲れたような表情を浮かべた。

「なあ。ヤクザ屋さんたちも宵《よい》っ張りはやめて、いいかげんおとなしくしてくれんかなあ。こちとら、もうじき定年だっていうのに、夜勤が続くと躰に堪《こた》えるんだよ」

「なんで尾行するんだよ。こっちは何もしてねえのに」

「新参の組員どもをマークするのが俺たちの立派な仕事だ。どうせ、この店に入ってきたのはみかじめ料が目当てだろ」

沈黙しているヤクザたちに、成田は顎を突き出してみせた。

「よりにもよって、この店で恐喝《きょうかつ》をしようなんざ、てめえらはド素人か。あん?」

またもやそういわれた。

加賀があっけにとられた顔でふたりの刑事を凝視する。

山西がいった。

「――五年前、横浜《ハマ》をしきってきた銀竜会《ぎんりゅうかい》が壊滅して、関西と手を組んだお前たち前園組が、ここぞとばかりに縄張りに出張ってきた。おかげで街の裏側じゃ、すったもんだが続きっぱなしだ。だけどな、昔からこの街にはルールってのがあるんだよ。港の汐《しお》の香りも嗅いだことがねえ、てめえら田舎のドチンピラには理解もできねえだろうがなあ」

「いってることが理解できないってか?」

トントンとゲンノウをリズミカルに肩に当てながら、成田がゆっくりと加賀に歩み寄る。

睨めつけるような目で、下から見上げた。

加賀がたじろぎ、半歩、下がった。板張りの床がギシリと鳴った。

「てめえら、よりにもよって、横浜《ハマ》でいちばん厄介《やっかい》な女に手を出そうとしたんだ。俺たちが来なけりゃ、今頃、頭陀袋《ずだぶくろ》みたいにのされて、雨の表にたたき出されてたところだぞ」

「厄介な……女」

加賀が蒼然として振り返る。

彩乃はストゥールのひとつに腰掛け、バーボンのグラスを片手に、あの大きな狼犬の頭を撫《な》でていた。

口許でキャメルが赤く火口を光らせている。

*

ヤクザたちが這々《ほうほう》の体《てい》で店を出て、黒塗りのセルシオで引き上げていくと、成田と山西はふたりでカウンターによりかかった。

成田がハイライトをくわえると、山西がライターを差し出した。

紫煙がゆっくりと立ち昇る。

「姉さん。もう、いいかげんにしとけや」

成田が口の両端を吊り上げ、わざとらしい笑みを浮かべていった。

「過剰防衛もいいところだろう。いくらヤクザが相手だからって、手加減なしの暴力沙汰は見過ごせんぞ」

「あれでも手加減をくわえたつもりだけど？」

こともなげにいう彩乃を、成田はあきれた顔で見た。

わざとらしく吐息とともに煙を天井に吹き上げる。

そんな彩乃の態度を見て、山西がいきまいた。

「暴行傷害でパクったっていいんだぞ」

「どうぞ」

そういって彩乃が片手を差し出す。

「警察、なめんなよ、こらぁ！」

「ま、落ち着け」

成田に止められ、大胆に乗り出していた山西が渋々と引っ込む。

「ところで、あんた、横浜《ハマ》に居着いて何年になる？」

「ちょうど四年になるかな」

「この先、あと四年、生きたかったら、無茶はせんことだ。ところで稼業は儲《もう》かっとるのか」

「ぼちぼちでんな――ってところね」

ニコリともしない彩乃を見て、成田が鼻を鳴らした。

「ヤマちゃん。帰るぞ」


カウンターの上の灰皿でハイライトを揉み消すと、成田は店を出た。

山西が肩越しに振り向きながら憤怒の顔を向ける。

相変わらず、ザアザアと音を立てて降りしきる雨の中、ふたりしてエンジンをかけっぱなしの捜査車輛――旧式のトヨタ・クラウンに走ると、ドアを開けた。

車内に入る前に、成田は店を振り返る。

〈CJ's BAR〉のネオンは消えていたが、酒の罎やグラスをデコレーションした小さな窓越しに明かりが闇に洩れている。

そのビルの三階辺りの壁の突端に、こう記した地味な看板が縦にとりつけられている。

〈深町探偵事務所〉

雨に濡れた顔でそれを見上げていた成田が、

車内に入った。

助手席に座り込み、またハイライトをくわえる。運転席の山西がライターを差し出す。

「女だてらにハードボイルドを気取りやがって」

そうつぶやくと、成田は紫煙の中で顔を歪めて笑った。

山西がアクセルを踏む。捜査車輛はパトランプを消し、雨に打たれながら闇の中に溶け込んでいった。

2

午前九時。いつものように遅い時間に深町彩乃は目を覚ました。

東向きの窓のブラインド越しに陽光が差し込んでいる。

安物の硬いベッドに敷いたしわくちゃのシーツの傍らには、ミロの大きな躰が横たわっている。

彩乃が起き上がったことに気づくと、狼犬は四肢《しし》を思い切り伸ばしてから、ふいに顔を上げた。ギザギザの歯を剥き出して、遠慮のない大きな欠伸《あくび》をしたのち、鳶《とび》色の大きな眸で彩乃を見つめた。フッと笑みを浮かべ、ミロのふたつの目頭についた目脂《めやに》を拭ってとってやる。

枕許からキャメルをとって、目覚めの一服を楽しんだ。

リノリウムのフロアにサンドバッグやスピードバッグ、各種のトレーニングマシンが置かれている。

もともとボクシング・ジムだった場所だから、女のひとり住まいの住居としては殺伐《さつばつ》としている。

　煙草を吸い終えると、灰皿で揉み消した。壁際のベッドから足を下ろし、伸びをした。

　ミロものろのろとフロアに下りて、ふたたび気持ちよさそうに四肢を伸ばした。

　用を足し、化粧を終えて洗面所から戻ってくると、下着の上に、灰色のスウェットと黒のトレーナーをまとう。

　ミロにドッグフードをやり、トーストにコーヒー、ヨーグルトの質素な朝食をとってから、いつものようにトレーニングに入る。

　腕立て、腹筋、背筋から始め、全身のストレッチ。

　高いバーにぶら下がっての懸垂《けんすい》運動。

　ダンベルを使ったスクワット、ベンチプレスとショルダープレス。

　最後に重さ五十キロのサンドバッグ相手にパンチとキックで汗を流す。

　汗を拭き、火照《ほて》った身体が冷めぬうちに、ミロの散歩がてら、外にランニングに出かける。

　埠頭の海沿いを、防波堤に沿ってゆっくり走る。

　昨夜の雨が嘘のような好天だった。

　ミロは斜め後ろを軽いステップでついてくる。通り過ぎる車やトラックから声がかかるたび、彩乃は手を振る。

　大きな狼犬を連れて毎朝走る彼女は、ここらの界隈《かいわい》ではすっかりお馴染《なじ》みなのだ。

　横浜に居着いて四年。彩乃はこの港町が気に入っていた。

　かつては出版社に勤務する平凡な会社員だった。それがある常軌を逸《いっ》した事件に巻き込まれ、否応《いやおう》なしにそれまでの生き方に終止符を打つことになった。

日常から非日常へと、すべてが大きく変化し、気がつけば人生そのものがコペルニクス的転回を成し遂げていた。

表向き、彼女の職業は私立探偵である。

しかし、人に明かせぬもうひとつの稼業があった。

こうして日々、躰を鍛えているのは健康の維持のためではない。身に迫る危険を回避し、生き残る。そのためのトレーニングである。

山下公園まで一気に走り、ベンチに座った。

ウエストポーチからスポーツドリンクをとりだして飲んだ。ミロにも水を飲ませてやる。

遠い水平線上を、外国航路らしい大きな客船がゆっくりと動いていた。

海鳥が穏やかな波間に幾羽も浮かんで漂っている。

平日とあって、朝の山下公園にさほど人の姿はなく、彩乃のようにスウェット姿でジョギングをする若者や、手を繋いで歩くカップル。海の写真を撮影している観光客らしい中年男女たちが周囲にいるぐらいだった。

彩乃は目を閉じ、海の風を顔に受けていた。

足許に停座したミロが、長い舌を出して、海面に浮かんで揺れている鳥たちを見ている。

ふいにスマートフォンの着信音が聞こえた。ポーチからとりだすと、藤木《ふじき》ミチルからだった。

通話モードにして耳に当てる。

――急にごめん。ねえさんの声が聞きたくなった。

「元気にしてる？」

――元気だよ。楽しいことばかりじゃないし、退屈な時間が多いけどね。

「もう大学二年でしょ。サークルとかは入ってるの？」

――いや。何もやってないよ。ねえさんのほうは？　仕事の調子はどう？

「探偵社の看板を出してみたけど、依頼はさっぱりね。ペット探偵って看板を変えたほうがいいかって、本気で考えてるところよ」

――そうじゃなくて、あっちのほうの〝仕事〟のこと。

彩乃はうなずいた。

「昨日、またひとり〝処理〟したわ。この街、思ったよりも奴らが浸透してるみたい。そっちは？　あいつらの気配はない？」

――今んとこないみたい。というか、平和すぎてうんざりしてる。

「何よりもそれがいちばんよ。大学の友達はできたの？」

――いや。

「あなた、モテるタイプだから彼女なんかすぐでしょ」

――できたら紹介するよ。

「莫迦《ばか》ね。私はあなたの〝守護者〟であって保護者じゃないんだから、そんな気遣《きづか》いはいいのよ」

――また、電話する。

「じゃあね」

通話を切ってから、しばしスマートフォンの液晶画面に表示されたミチルの顔写真を見つめていた。色白で睫毛《まつげ》が長く、どこか悲しげな目をした若者の容貌《かお》。

初めて会ったのは彼がまだ十一歳、小学六年のときだった。あれからもう八年になる。

今はすっかり声変わりし、背丈も百八十センチに伸びて、美少年からすっかり美青年になっていた。中性的な雰囲気は相変わらずで、色白で華奢《きゃしゃ》な体躯《たいく》も子どもの頃からずっと同じだった。

ふっと溜め息を洩らし、スマートフォンをポーチにしまい込んだ。

「帰ろうか、ミロ」

相棒の狼犬に声をかけ、彼女は立ち上がった。


本牧埠頭のヨットハーバー前にある探偵事務所に戻ってきた。

三階建ての古いビル、一階にある〈CJ's BAR〉は、もちろんシャッターを下ろして閉めてある。今日の開店は午後七時からだ。

店主のジャックは三階に自室がある。今頃はまだ熟睡中だろう。

このビルにはかつて〈ハーバー・ボクシング・ジム〉という看板がかかっていた。

一階はフィットネス・クラブで、二階がジムだった。

十年以上前、不況のためにここは閉鎖となり、彼はビルごと買い取って一階を店に改装し、営業していた。彩乃が横浜に来たとき、安い家賃でいいからと二階フロアを賃貸した。

さすがにリングだけは撤去《てっきょ》したが、あとはジムそのままである。

その片隅で彩乃は生活し、パーティションで仕切った狭いスペースにソファとテーブルを置いて、探偵事務所として使っている。

ジムに入ってくると、ウエストポーチを壁際のソファに投げ出し、ミロに水をたっぷり入れたボウルを置いてやる。それから衣服を脱いで熱いシャワーを浴びた。

ヘアドライヤーで髪を乾かし、鏡の前でポニーテイルをまとめ、化粧をし、黒のタンクトップにモスグリーンのカーゴパンツに着替えた。

扉を開いてジムに戻ると、サンドバッグのすぐ傍に座るミロの様子がおかしい。

両耳を前向きに立てて、吊り上がった目でパーティションの個室を凝視している。

スチール扉にはまった磨りガラスの向こうに赤い影が見えた。

彩乃はミロを見た。

〝奴ら〟ではない。もしそうなら、狼犬はもっと険相になる。

しかし安心はできない。敵はいろんな手を使ってくるからだ。

ドアノブを回した。素早くドアを開く。

驚いた。小さなテーブルを挟んで向き合うソファの向こうに、小柄な少女がひとり座っていた。

「誰？」

少女が顔を上げた。

年齢は十二、三歳というところか。黒髪を短く切りそろえ、古風な赤い毛糸のカーディガン、チェックのミニスカートにストライプ模様のニーソックス。

〝奴ら〟の仲間が、こういうあどけない姿をした存在に擬態することはめずらしくない。しかし目の前にいる少女に、邪気のようなものは感じられなかった。

少女はゆっくりと立ち上がり、黙って頭を下げた。前髪がはらりと垂れ下がる。

「西島志穂《にしじましほ》といいます。港東中《みなとひがし》の一年生です」

きれいな声で名乗った。

「それで志穂ちゃん。私に何か用なのかしら」

少女はうなずいた。

「父のことで相談があるんです」

彼女をソファに座らせた。

彩乃はミロにじっとしているよう合図をしてから、パーティションの扉を閉め、向かい合わせのソファに腰を下ろした。

煙草を吸いたかったが、我慢することにした。

「行方不明……それともまさか浮気調査じゃないよね」

「そういうんじゃなくて……」

志穂と名乗った少女は俯いた。「父がオバケになっちゃったんです」

彩乃はじっと見つめていた。

ふいに片眉を吊り上げ、いった。「冗談いいにきたなら、帰ってもらえる」

しかし少女は真顔だった。涙を溜めた目を大きく開き、彩乃を見ていた。

「私の職業は探偵。地味ないいかたをすると興信所。他人の弱みを掴んだり、秘密を暴いたりするのが仕事なの。あいにくとオカルトっていうジャンルは、ラインナップには入ってないわ」

「噂を聞いたんです。闇の狩人がこの街にいる。目印は左腕の狼の刺青《いれずみ》だって」

志穂にいわれ、彼女は自分の左腕のタトゥーを見た。

アラスカのフェアバンクスにあるグリズリーランチで三年間の戦闘訓練を受けたのち、終了の記念に彫ってもらったものだ。

まさか、本当に狼そっくりな犬と暮らすことになるとは思ってもいなかった。

「そんな噂、初耳だよ」

彩乃はとぼけてみせた。が、志穂は視線を逸らしもしない。

「お願いです。話だけでも聞いてもらえますか」

中学一年生なのに、やけに大人びた口調だった。

彩乃はわざとらしく吐息を投げてから、いった。

「ちょっと待って。走ってきたあとだから、喉が渇いてる。あなたも何か飲む？」

志穂はこっくりとうなずいた。

西島志穂の話はこうだ。


父親の直之《なおゆき》の異変に気づいたのは、ひと月ばかり前。食卓でのことだった。

生まれてこの方、アレルギー体質で肉食をまったく受け付けなかった彼が、めずらしく妻にステーキをリクエストした。

その食べ方がまた半端《はんぱ》じゃなかった。ほとんど火を通さないレアな赤身をたらふく腹に収めて、母親の浩子《ひろこ》も娘の志穂も驚いた。

子どもの頃から、カレーライスの肉すらも受け付けなかったという父親だった。

手術のあとで体質が変わったのだと直之はいった。

三カ月前、胃潰瘍《いかいよう》の手術をしたばかりだったが、それにしてもそんな変貌《へんぼう》が起こるものなのだろうか。むろん肉類ばかりではなく、魚も野菜もよく食べたし、ご飯はお代わりをし、あまり飲めなかった酒もよく飲むようになった。

それから、言動が変わった。

どちらかというと快活でよくしゃべるタイプだったが、最近はすっかり無口になった。

顔からすっかり喜怒哀楽の表情が抜けてしまったかのようだった。

テレビの野球のナイターやサッカーなど、いろんなスポーツが好きで、勝敗に一喜一憂していたのに、今ではまったく興味も示さない。

やがて母への暴力が始まった。

気弱で、ハエ一匹殺せなかった父が、母の言動に腹を立て、小言《こごと》をいい、文句を投げた。挙げ句の果ては母を殴りつけ、蹴飛ばすようになった。

それも些細《ささい》な理由でだった。おかげで母の浩子はいつも顔や手足に青痣《あおあざ》があった。夕食のとき、志穂の目の前で平気で母に暴力をふるうこともあった。

母は人権相談所にも足を運んだらしいが、これといった解決策はなかったようだ。

極めつきは、その後にあった怪異だった。

ある晩、父の部屋の前を志穂が通りかかったとき、ドアの隙間《すきま》から中が見えた。

スタンドの小さな明かりの中、卓上に置いたパソコンに向かって座る父の後ろ姿。いつものチェック柄のパジャマだった。

しかし首から上が異様だった。

髪の毛がなくなっていて、肉色のボールのようなものがそこにあった。その表面から無数の触手《しょくしゅ》のようなものが生えて、うねうねと蠕動したり、前後運動していた。

最初、いったい何の冗談かと思った。

頭がまるでタコかイカのようだったからだ。

父親は昔から軟体動物が生理的に苦手だった。テレビに出てきただけで、大げさな悲鳴を上げていた。

そんなことを思い出したとたん、ふいに〝それ〟が頭をクルリと回して振り向いた。

目が合った。

志穂ははっきりとそういった。

目というか、触手の付け根に大きな赤い目がひとつあった。それが自分を見たというのだ。

志穂は後退り、自分の部屋へと駆け込んだ。

翌朝、ふつうの姿になった父親がいつものように新聞を読みながら、朝食をとっていた。

母はむろん異変を知ることもなく、うつろな表情で家事をしていた。

それきり父のそんな姿を見ることはなかったが、志穂は恐ろしくてならなかった。

この数日、眠っても悪夢にうなされ続けた。また、父が帰宅している家にいること自体が怖かった。

市内で不気味な事件が起こっている。そんな噂を志穂は学校で耳にした。

最近、行方不明者が続出し、不審死もあとを絶たない。それらは人間社会にまぎれた異形のモノの仕業だという。

夜道で怪物を目撃したという人が少なからずいる。しかも、路地裏《ろじうら》に女の手首から先だけが落ちていたり、路上に焼け焦げた靴が転がっていたり――。

それらはすべて異形の仕業というのだ。

そうした闇の存在を狩り出すハンターがいる。

「なぜ、それが私だと思ったの？」

彩乃の問いに志穂はしばし俯いていたが、ふいにいった。

「見たんです。昨夜、西横浜の線路の近くで……」

驚いた。あの現場に第三者がいたとは、まったく気づかなかった。それもこんな少女が雨の中に立っていたとは。

「お願いです。父を救って下さい」

涙に濡れた目をじっと見つめた彩乃は、かすかに眉根を寄せて、いった。

「残念なことだけど、あなたが見たことが本当だとすれば、お父さんはもう亡くなってるの。〝奴ら〟は憑《とりつ》いた人間の命を奪い、それになりすます。だから、もうお父さんは帰ってこない」

志穂は唇を噛みしめ、目をしばたたいた。涙を堪えている。

「だけど放っておけば、今度は家族が犠牲になる。あなたもきっと……だから早く手を打たないといけない」

「殺すんですか」

彩乃はうなずいた。

「それが私の仕事だから」

「お願いします」

「本当にいいの？」

決心したように志穂がうなずいた。

強い娘だと彩乃は思った。ここに来たときから覚悟はしていたのかもしれない。

「もうひとつ。〝あれ〟を始末すると、周囲の関係者の頭の中から記憶のいっさいが消える。つまり、あなたやお母さんの心から、お父さんに関する思い出がみんな消えてしまう」

わずかに視線が泳いだ。途惑っている。

「つまり……父は最初からいなかったことになるんですね」

彩乃はうなずいた。

「辻褄《つじつま》合わせみたいなことが起きるの。どういう仕組みかわかんないけど、今まですべてがそうだったから」

「だったら、私がここに来たということも、それにあなたに関する記憶も消えるんですか?」

「そう。みんな消える」

「わかりました」志穂ははっきりいった。

「そのほうが心の疵《きず》になって残らずにすむかもしれないね」

つらそうな顔で口を引き結ぶ少女に、彩乃はほほえみかけた。

彩乃は一度、パーティションを出て、厨房でミルクティをこしらえると、それをもって戻ってきた。俯きがちに座る志穂の前にひとつ差し出す。

「あなたのこと、それからお父さんに関することをできるかぎり詳しく教えて」

志穂は話し始めた。

最初はためらいがちに、それから熱がこもったようにはっきりと――。

3

海岸通《かいがんどおり》二丁目にある神奈川県警本部庁舎ビルの二十階の展望ロビーは、朝から見学者たちであふれていた。

それぞれがデジカメやスマートフォンで、外の景色を撮影している。

地上八十三メートルの高さにあるここからは、港全体から遥かな沖合に浮かぶ船舶がよく見えるし、富士山から東京副都心のビル街まで見渡せる。

眼下の大桟橋埠頭に目を転じると、そこに係留された巨大な客船が見下ろせた。まるでひとつの街が海に浮かんでいるようだった。

神谷鷹志《かみやたかし》警視は観光客たちからポツンと離れた場所にある手摺《てす》りにもたれ、見学コース案内の女性警察官が景色の案内をしているのをぼんやりと眺めていた。

何の変哲もない、日常の光景だった。

しかし、何かがおかしかった。

端緒《たんちょ》は行方《ゆくえ》不明事件の続発だった。父が会社に出たきり、戻ってこない。生徒たちが何人か、学校に来なくなった。ひとり暮らしの老人が住居から姿を消してしまった。そんなことが横浜市内のあちこちであって、家族から捜索願が出されたり、市役所の役員から警察に報告が入ってきたりしていた。

それから怪事件が勃発《ぼっぱつ》し始めた。

神奈川区の裏町で、若い女性の手首から先が路上に転がっているのを、通学中の小学生が発見した。

本牧埠頭の海釣り公園で釣り客がたまたま鉤《はり》先《さき》に引っかけてしまった人骨は、まるで獣のそれのような鋭い歯形がいくつもついていた。

港のみえる丘公園の花壇の中に転がっていた男の死体は、夏場だったのにカチンカチンに凍りついていた。

その死に顔は恐怖に目を見開き、激しく歪《ゆが》んだ表情だった。

いずれも科捜研にまわされて徹底的に分析、解析が行われたが、真相は明らかにならなかった。直接の犯罪の証拠がないため、事件としての捜査は行われないままだった。

珍事件、怪事件といわれても、明確な犯行の事実があったり、被害届が出されたりしないかぎり、警察としては動きようがないのだ。

県警本部のキャリア警察官である神谷にとっても、それらはたんなる噂の領域でしかなかった。

ところが昨夜、彼は目撃してしまった。

担当していた殺人事件に関する報告書の作成で夜遅くまでかかってしまい、午前二時を回った頃に県警本部庁舎を車で出た。

自宅がある日ノ出町《ひのでちょう》付近の住宅街を走っていると、街灯の下を若い女性がひとり歩いている姿があった。

白っぽい上着に白のタイトスカート。パンプスを履いている。

こんな時間にどうしたのだろうかと車を徐行させていると、ちょうど十字路を通りかかった白い自転車で警ら中の若い制服警官が彼女に声をかけた。

振り向いた女の顔を見て、若い警官がひどく驚いた顔をしたのが見えた。

神谷はブレーキを踏んで停車させた。

すぐ目の前。あっけにとられたように口を開いていた警官の形相が、次の瞬間、変化した。あからさまな恐怖の表情になったのだ。

何があったのだろうかと車窓越しに見ている神谷の目の前で、若い女性に異変が起こった。

長い茶髪の毛が風もないのにザンバラに乱れ、

うねり始めた。

いや、それはすでに髪の毛ではなかった。無数の白い蛇が頭から生えて、それぞれが生きているように、無秩序に躍《おど》っているのだ。

あっけにとられた神谷は、金縛りに遭ったように動けずにいた。

自転車のサドルに跨《またが》ったままの警官の顔が、恐怖の表情から苦悶の表情へと変わった。

ふいに警官の躰が変化し始めた。まるで景色がぶれたように、制帽や制服の輪郭《りんかく》が判然としなくなった。そして砂嵐のようになって崩れ始めた。

それは空中をたゆたいながら、白蛇の髪の毛をうねらせる女のほうへと流れてゆく。

生命を吸い取っているのだ。

神谷はそう思った。

そうしているうちにも、警官の姿はすっかり変化して、完全にガスか霧のようになった。

それがすべて女に吸い取られたとたん――白い警ら用自転車が、バタンと大きな音を立てて倒れた。

警官は完全に消滅していた。

あっけにとられていた神谷の前で、女は元の姿に戻った。無数にうねっていた白蛇が長い茶髪に姿を変えていた。

女はその髪を片手でさっと後ろに流した。

それから車内で硬直している神谷を見た。

切れ長の目がすっと細められ、唇が吊り上がった。

こっちへ来る――！

そう思った神谷はとっさにアクセルを踏もうとした。が、金縛りに遭ったように躰が動かなかった。

しかし女はふいに視線を逸《そ》らした。ロングの茶髪を揺らしながら、目の前を歩き、路地を曲がって姿を消した。

闇と静寂の中、パンプスが立てる靴音が遠ざかっていった。

あのときの光景を思い出すたび、背筋を戦慄《せんりつ》が走り、躰が震える。

夢か幻でも見たのかと思ったが、あんなにリアルなはずがない。

幾夜も眠れなかったし、飲めぬ酒を試してみたりもした。朝は朦朧《もうろう》とした様子で県警本部に出勤し、日がな一日、力なくうなだれていた。

心配して声をかけてきた同僚には体調が悪いといっておいた。

最寄りの伊勢佐木署に連絡を入れて、それとなしに地域課の警察官に関することを聞いてみた。

しかし奇妙なことに課員は全員、正常に勤務に就《つ》いているという。休職したり、辞職した警察官はいない。ましてや殉職《じゅんしょく》など——。

そんな莫迦なと思って現地に出向き、聞き込みもやった。

署管内のあらゆる交番、駐在所、いずれも異常はまったくなかった。

ただ、日ノ出町南交番の警ら用自転車が一台、何者かによって盗まれたという報告が見つかっただけだった。

あの晩、目の前で消失した警察官が乗っていた自転車かもしれないと思ったが、双方が同じ自転車だという明確な証拠は何もなかった。

昨今、巷《ちまた》に流布《るふ》する奇怪な噂や、行方不明者の多発、怪事件の続発。

いずれもが、あの夜、神谷が目撃したものとどうしても結びついてしまう。

だからといって、それを上司に報告するわけにもいかず、自分の中で抱えておくしかなかった。

神谷は手摺りにもたれたまま、横浜の市街地を俯瞰《ふかん》した。

確実にいえるのは、この街に何かが起こっているということ。それもきわめて異常な、常軌を逸した一連の出来事がじわじわと浸透《しんとう》してきている。

気がつくと、庁舎見学のグループの姿がいつの間にか消えていた。

だだっ広い展望ロビーのフロアに神谷はただひとり。

奇異に思って周囲を見るが、やはり誰ひとりとしていなかった。

群衆が去っていくことに気づかないほど、考え込んでいたのだろうか。そんなことを考えていると、ふいに小さな音がして、神谷はハッと振り向いた。

リノリウムのフロアの上に大きな赤い風船があった。

いま、放り投げられたばかりというように、それはポンポンと撥《は》ねながら転がり、窓と反対側の壁に当たって止まった。神谷は凝視した。なぜか赤い風船から目が離せずにいた。

背筋を悪寒《おかん》が走っていた。

空気が重く、耳には聞こえない独特の低い音を放っているような気がした。

足音。

向き直ると、通路の向こうからデニムスカートに焦げ茶のトレーナーの小さな少女が歩いてくるのが見えた。

トレーナーの胸の辺りには仔犬《こいぬ》のアップリケがあり、〈Pretty Dog〉と読めた。両手には何ももたず、ゆっくりと歩を運び、神谷の立つフロアに近づいてくる。

目の前をゆっくりと通り過ぎ、壁際に立ち止まると、落ちている赤い風船を小さな両手で拾った。

「どうしたの？　親御さんとはぐれたのかい」

声をかけたとたん、少女はやおら身を起こしてから、横日で神谷の顔を見た。

神谷も無意識に少女の双眸を凝視する。

ふいに少女が口許に笑みを浮かべた。

さっと身をひるがえすと、赤い風船を抱えたまま、元来たほうへと走り去っていく。その小さな後ろ姿を見つめながら、神谷は立ち尽くしていた。

少女が見えなくなってから、神谷は長く吐息を洩らした。

「いったい、俺は何をビクってるんだ」

そう独りごちてから、むりに自嘲《じちょう》した。


エレベーターで下降していると、二階下で止まって開いたドアから、瀬戸孝一《せとこういち》警視正が入ってきた。神谷が所属する刑事部捜査第一課の課長である。ガッシリとした顎に大きな鼻。いつものグレーのスーツに臙脂《えんじ》のネクタイ。このネクタイは瀬戸警視正が誕生日に奥方からプレゼントされて以来、ずっと着用している。

「最近、顔が冴えないな」

ふいにいわれて神谷は答えに窮した。

まごついているうちにエレベーターが止まり、十二階の刑事部フロアでふたりは降りた。

「ここんとこ臨場《りんじょう》と捜査会議が続いてるし、疲れが溜まってんじゃないか。管理官としての担当事案が解決したら、まとまった休暇を取ったほうがいい。久美《くみ》ちゃんとふたりで温泉にでも行ってきたらどうだ」

瀬戸課長のいつもながらの温厚な笑顔に、神谷は癒《い》やされた。

峰岸《みねぎし》久美は瀬戸の妻の姪《めい》である。

半年前、瀬戸の紹介でふたりは知り合い、結婚を前提につきあい始めたところだった。久美とはもう三日も連絡をとっていなかった。

「ありがとうございます。考えておきます」

頭を下げると、瀬戸は軽く彼の肩を叩いてから、フロアの奥にある課長デスクへと向かって歩いて行く。

神谷は自分のデスクについてパソコンを起動させた。

いくつかのメールを開き、返信を書いて送る。

その間、あの夜の出来事に意識が飛びそうになり、あわてて頭を振ってイメージを打ち消した。

「神谷」

ちょうど向かいのデスクにいる同僚の木島《きじま》が声をかけてきた。

階級は同じ警視。メタルフレームがよく光る、いかにもキャリア警察官という感じの男である。

「港町署からさっき連絡が入って、福富町《ふくとみちょう》で見つかった変死体はやはり住所不定のホームレスだったようだ。何人かの証言があって明らかになったらしい」

神谷はうなずいた。

福富町の裏町で見つかったのは、躰が半分、溶けてしまった老人の遺体だった。

強烈な酸のような液体によるものだろうと推測されたが、科捜研の調査でも人間の肉体をそこまで溶かすものの正体は判然としなかった。

「また、捜査本部の立ち上げか。港町署の担当は？」

「成田という警部だ。あっちじゃ古株《ふるかぶ》で厄介な人物だよ」

神谷はふっと笑った。

名前は知っていた。たしかに古株だし、厄介らしいが、なかなかの切れ者だという。街のヤクザたちも、彼にだけは一目を置いているという話も聞いた。

すぐに連絡をとってみるか。

神谷が思ったそのとき、視界の隅に赤いものが見えた。

彼は真顔に戻り、目をやった。

窓の外を、ちょうど赤い風船がひとつ、ユラユラと揺れながら上昇していくところだった。

それを見ているうちに、少女が持っていた風船を思い出した。

とたんにまた背中が寒くなった。

風船はこれ見よがしに窓のすぐ外を揺れながら、ゆっくりと上昇して消えてしまった。

4

最初の仕事は興信所の調査とまったく同じ手順を踏む。

志穂の父親、西島直之に関する情報をできるかぎり集めた。

娘の話だと、彼は市内にある映像会社〈みなとメディア・コミュニケーションズ〉のチーフ・プロデューサーだった。

この会社はインターネットやケーブルテレビなどで独自の番組を作って配信していて、契約者の数も多い。

ネットで検索すると、企業のホームページのスタッフ紹介の筆頭に、彼の情報があった。

現在四十四歳。慶応大卒で、大手のテレビ局に勤務。制作部のディレクターを経てプロデューサーになったあとで、今の会社に引き抜かれた。おそらくかなりの好条件だったのだろう。

〈みなとメディア〉では放送全般を統括しながら、番組制作の実務にも携わり、察するところ、かなりの多忙だと思われた。

あちこちのメディアからの取材もあり、ネットや雑誌でインタビューや対談にも引っ張り出される人気ぶりだった。

彩乃は奇異に思った。

それまで屍鬼《しき》に乗っ取られる人間は、ホームレスや引きこもりの若者、ひとり暮らしの老人など、社会的にあまり目立たない者ばかりだった。

マイノリティを餌食にするほうが奴らにとって好都合だったからだろう。

おおっぴらに憑依《ひょうい》や殺戮《さつりく》をすると、いやでも世間の耳目《じもく》を集めることになる。それでなくても、今はネットなどのインフラの発達のせいで、噂の広がりや浸透は早い。

ところが、西島は映像業界で引く手あまたの、トップクラスのやり手だった。

やはり志穂が何か勘違いしたか、錯覚だったのかと思ったが、涙混じりに語られた父の変貌ぶりは、それが真実であることを物語っていた。

情報を集めたあとは、実際に本人を自分の目で確かめる。

彩乃はこれまでの経験から屍鬼に成り代わった人間を見破る能力が身についていたが、それでも完全ではない。人の社会に隠れた屍鬼を嗅ぎ分けるのは、何よりも犬の感知能力がいちばんだった。

狼犬ミロとタッグを組んで以来、彩乃はかれに全幅《ぜんぷく》の信頼を置いていた。

たいていの犬は屍鬼を感じると怯えてしまう。耳を伏せ、被毛《ひもう》を逆立たせ、中には失禁する犬もいる。

しかしミロは果敢だった。狼らしい攻撃本能をあらわにして、屍鬼に対して威嚇《いかく》し、吼え立てる。実際に牙を使って攻撃することもある。

ネットをログオフし、パソコンの電源を落とした。

直に西島に会うことが必要だった。当人が屍鬼であるかどうかは、自分の目で見て、ミロに確認してもらわねばならない。

いつしか午後になっていた。

彩乃は壁にとりつけたテンキーのプッシュボタンを押す。スチール製の抽斗《ひきだし》がせり出してくる。

その中に彩乃の使用する武器が入っていた。

拳銃は・四五口径のセミオートマチック。コルト・ガバメントM1911をカスタムした、スプリングフィールド・アーモリー社のPC９１０２というモデル。

アルタモントの木製グリップの赤色がガンブルーの本体と対照的な取り合わせだ。

この銃は、彩乃が今は消失した御影町から脱出したあとで訪れた〈CJ's BAR〉で、ジャック・シュナイダーからプレゼントされた特注品だった。

あれから八年。この拳銃は酷使されてきた。あちこち傷だらけになり、摩耗《まもう》し、疲弊《ひへい》したパーツを交換されながらも、常に彩乃とともにあった。

マガジンは三本。いずれも、すでに・四五口径の弾丸が八発ずつ装填されている。

昔のＭ１９１１用マガジンは七発の装弾だった。それが今は八連発になっている。

スライドを引いて薬室の中を確認し、マガジンをグリップに差し込む。

ビアンキ社のホリゾンタルタイプのショルダーホルスターは、タン色の革製。左脇の下で拳銃を水平に保持するデザインとなっている。右側にはマガジンがふたつ入るポーチがとりつけられている。拳銃の予備マガジンをホルスターに差し込み、それぞれのホックを留めた。

拳銃はあくまでも護身用である。屍鬼を仕留めるには、もっと威力のあるショットガンを使う。

抽斗の中には、短く切り詰めた散弾銃が二挺、それぞれのホルスターとともに横たわっている。

あの雨の夜のように、明確にターゲットの屍鬼を捉えているときはともかくとして、ふだんの偵察や任務のとき、散弾銃は携行《けいこう》しない。い

くら全長を短くしていても、さすがに目立つからだ。

抽斗を戻し、ロッカーから出した黄色のジャケットをはおった。

都橋《みやこばし》に事務所をかまえる同業の探偵からプレゼントされたお気に入りの上着である。

彩乃のすらっとした体型にもかかわらず、このゆったりとしたジャケットは、ショルダーホルスターの拳銃を見事に隠してくれる。

鏡の前で自分をチェックしてから、振り返った。壁際に座って狼犬ミロが長い舌を垂らしていた。

吊り上がった両眼に好奇の光。さっきからずっと、彼女が用意するのを待っていたらしい。

彩乃は肩をすぼめて笑った。

「ミロ。行こうか」

狼犬が豊かな尾を振り、野太く吼えた。

彩乃の愛車は去年、発売されたばかりのフィアット・パンダ4×4。ボディカラーはタスカングリーン。

全国限定でたったの六十台という稀少な車だ。総排気量が八七五ccでありながら、本格的な四輪駆動システムを導入したSUVで、シティユースのみならず、山間部のラフロードも楽々と走れる。こぢんまりした車体は日本の街路にもふさわしい。

その助手席にミロを乗せ、彩乃はフィアットを走らせた。

キャメルをくわえ、車載のライターで火を点けた。

市内中区、JR線桜木町駅に近い大通り沿いに、ガンメタリックな色合いの十階建てビルディングが目立っている。

屋上にはいくつかのパラボラアンテナや受信アンテナなどが立っていて、ものものしい雰囲気の建物だ。

ここが西島直之が勤める〈株式会社　みなとメディア・コミュニケーションズ〉の社屋だった。

事前に調べたところによると、設立は九二年五月。資本金一千万、社員数八十五名。

業務内容は企業VPやCM、ビデオクリップなど各種映像の企画、制作、編集。イベントの企画、撮影、映像編集。

インターネットやケーブルテレビ、メディア関連ソフトの企画、制作など。

映像関係の企業としては小さなほうだが、社長の敏腕が社員の士気を高め、各方面からの引く手あまたで、メディア業界の中ではかなりの注目株だという噂だった。

しかも、大手の経済雑誌では去年の優良企業ベスト10に入っている。

西島は毎日、午前十時に出社し、社の内外で多忙な仕事をこなし、残業も遅くまでしている。平均睡眠時間はおそらく五時間あるかないかだろう。土日祭日もほとんど休まないというから、かなりタフなビジネスマンだと想像できる。

社屋ビルの向かいにフィアットを停めた。

それから小一時間。志穂からもらった西島直之の写真を手にしながら、しばし社屋に出入りする人間を見張っていたが、本人らしき姿は確認できない。

スマートフォンで知人を装って本人を呼び出そうとしたが、やはり多忙を理由に受付女性から断られてしまった。

夜にまた出直してきて、西島が退社するところを見つけて尾行してみるか。

そう思ったとき、ミラーに黒いクラウンが路肩に寄りながら近づいてくるのが映った。フロントガラス越しにパトランプの収納スペースが見えて、覆面《ふくめん》パトカーだとすぐにわかった。

彩乃が振り返ると、背後に停まったえらく旧式のクラウンの左右のドアから、成田と山西が出てきた。

ふっと溜め息をつき、スマートフォンをしまう。

コンコンと車窓を拳で叩かれた。山西の髭面がガラスに押しつけられんばかりだ。

仕方なくウインドウを下ろす。

「探偵さん。張り込みかね」

「ちょっと休憩してただけ」と、くわえ煙草のまま、空惚《そらとぼ》けた。「そっちこそ何なの」

するとと山西の背後から成田が近づいてきた。わざとらしい怒り肩で、左手をズボンのポケットに入れ、例によって右手に握ったゲンノウで自分の首筋をトントンと叩いている。

「実はねえ、署に通報があったんだよ。妙な車が道路から見張ってるってな」

「偶然よ。たまたまこの駐車スペースが空いてたから停まっただけ。睡眠不足だから、ちょっと眠ってたの」

「何なら、あんたのボディチェックをやったっていいんだぜ。何かよからぬモノが出てくるんじゃないのか。あん？」

山西がわざとらしく眉を上げ、目を剥いていった。鼻の下が見事に伸びている。

「身体検査は令状が必要なんでしょ」

とたんに山西が憤然となった。

「てめ。警察なめんな、こら」

「まあまあ」

成田が芝居がかった口調でいった。「ここは抑えて、ヤマちゃん」

車から身を離した山西に代わって彼が車窓に顔を近づけた。薄い唇をひん曲げて、ニッと笑う。

「探偵稼業もいいけど、あんまりおおっぴらに俺たちのショバを荒らすんじゃないよ、お嬢さん」

「成田さん」

「ん？」

「私の狼犬はね、飼い主が誰かにおちょくられることに敏感なの」

助手席のミロがかすかに唸った。マズルに皺を刻み、かすかに牙を剥き出している。

とたんに成田の視線がさまよった。えらく真顔になっている。

目をしばたたき、成田がこういった。

「ともかく、だ。市民に迷惑かける行為はやめとけよ、探偵さん」

彩乃は返事もせず、ウインドウを上げると、ダッシュボードの灰皿の中でキャメルを揉み消し、車を出した。

茫然《ぼうぜん》と路肩《ろかた》に立つ刑事ふたりが、ミラーの中で小さくなってゆく。

5

大教室で行われていた桃田武秀《ももたたけひで》教授による〈近代英米文学概論〉の退屈な講義が終わって、学生たちがいっせいに立ち上がり始めた。

「藤木くん。今夜、合コンなんだけど、つきあわない？」

後ろの席にいたふたりの女子大生から声をかけられた。

ノートや筆記具をバッグにしまっていたミチルは顔を上げた。彼が振り返ると、ふたりともサッと頬を染める。

あちこちの講義でよく顔を合わせる、同じ学部の学生たちだった。

「悪いけど、今日、ちょっと用事があるから」

「なんだ、残念。別にコンパじゃなくていいんだけど、つきあってくれる？」

「そのうちね」

そう答えたときだった。

――藤木くん。藤木ミチルくん。

向き直ると、教壇の卓によりかかった小柄な大学教授が、眼鏡を光らせて彼を見ている。片手にマイクを持っていた。

――こちらに来てもらっていいかな。

ミチルはバッグを持つと、座席から立ち上がった。ドヤドヤと教室を出て行く学生たちの流れに逆らうように、下の教壇に向かって階段になった通路を歩いた。

大勢の学生たち、とりわけ女子大生たちが、ミチルとすれ違うたびに上気した顔になったり、頬を染めている。

教壇に上がって、桃田教授の前に立った。

すらりと痩せて背の高いミチルは、小柄な教授を見下ろすかたちになってしまう。

「何でしょうか、先生」

桃田はメタルフレームの眼鏡の奥で小さな目をしばたたいた。

「ちょっと相談があるんだ。君の次の講義は何時からかね」

「今日は先生ので終わりですが」

「だったら悪いけど、これから研究室に来てくれるかな」

「いいですけど。何か?」

「話はあとだ。じゃあ、待ってるからね」

そういうと、桃田は踵を返し、教室を出て行く。ミチルはその場に立ったたまま、彼の後ろ姿を見ていたが、ふと視線を逸らした。

大教室の前列、いちばん前の机に座っていたひとりの女子大生が立ち上がり、歩き出したところだった。

ストレートの長い髪を背中に流し、白いセーターにチェックのスカート。鼻筋のよく通った美人だが、どこか少し古風な感じがして、それが妙に印象的だ。

通路を歩き、ミチルとすれ違うとき、両手で抱えていた何冊かの本のうち、一冊が足許に音を立てて落ちた。

とっさにミチルが身をかがめて拾った。原書だった。

表紙には、『光の山脈』――と英語で読めた。著者はジョン・ミューア。アメリカの国立公園の基礎理念を作った自然派作家の代表作だった。いまどき、こんな本を読む若い女性がいるとは思わなかった。

「すみません」

彼女は頭を下げ、ミチルから本を受け取った。

一瞬、視線が合った。

大きな眸がきれいに澄み切っていた。ふと、彼女は目をしばたたき、少し頬を染めた。

口を引き結んでもう一度、頭を下げると、ミチルとすれ違って教室の外に向かった。肩越しに振り向く彼の前で、女子大生はまた足を停めた。

「あの……」

声をかけられた。

少し間を置いてから、彼女が向き直り、こういった。「いつも四号館前のベンチで、おひとりで本を読まれてますよね」

「え？」

少し驚いた。ふっと笑みを洩らした。

「ああ。まあ」

彼女はそれだけでまた踵を返した。

俯くように歩いて、教室を出て行った。しば

しミチルは、彼女が去っていった扉を見ていた。

港南《こうなん》大学のキャンパスを歩くミチルに、あちこちから視線が向けられている。

多くは女子大生たちだ。講義を聴いているときに、中年女性の准《じゅん》教授から露骨に色目を使われたこともある。

もちろん、街を歩くときも周囲からの視線をつよく感じる。

すらりと痩せて長身なだけではない。

風にそよぐ前髪の下、睫毛が長く、愁《うれ》いを帯びたような目と形のいい鼻。血の気の感じられない色白の容貌。どちらかというと中性的な顔立ちの美青年である。

そんな彼はよくモテる。女性たちから注目を浴びてしまう。

今どきのきりっとしたイケメンではない。頼りがいのありそうなキャラクターでもない。むしろ、少しなよっとしたところが母性本能を刺激するらしい。

大学構内でも街を歩いていても、女性の視線が向けられることに、今は馴れていた。

自分のセックスアッピールを誇示したことはないが、誘蛾灯《ゆうがとう》に集まる虫のように、どうしても女性たちが寄ってくるのである。

しかし、今の彼の脳裡《のうり》には、最前会った娘の顔がちらついている。

清楚《せいそ》な美女だった。

とりわけ自分の好みというわけではないが、なぜか面影が心を離れない。

立ち木や植え込み、そして芝生の多いキャンパスを横切り、七階建ての大学本館ビル入り口から入った。

エレベーターで五階フロアに向かい、通路を歩いて桃田教授の研究室の前で立ち止まる。ドアをノックすると、すぐに返事があった。

――入ってくれ。

事務机の椅子に座って、桃田はノートパソコンに向かっていた。肩越しに振り返っている。

「そこに座って」

「はい」

指差されるまま、壁際の長椅子に腰を下ろす。所在なげに室内を見渡す。カレンダーやゴッホの絵画の複製。書棚には文学関係の本が大量に詰め込まれている。

そのタイトルをじっと見つめていると、ふいに桃田が椅子を鳴らして立ち上がった。

ガラステーブルに伏せていたティーカップをとって、ポットの中身を注いだ。湯気とともに、ハーブティーの香りがした。

「くつろいでくれたまえ」

それをミチルの前に差し出すと、書棚から一冊、抜き取った。

「実は都内の出版社から、この本の翻訳《ほんやく》を頼まれていてね」

受け取った重たいハードカバーの原書。タイトルは『這い寄る混沌《こんとん》』。作者はロバート・ブレイクとあった。

「君にぜひ、翻訳の助手をお願いしたい」

ミチルは顔を上げた。

「ぼくは先生の研究室の学生じゃありませんが……」

「いいんだよ」

桃田は眼鏡の奥で目を細め、口許を吊り上げた。

　ふいに彼はミチルの隣に腰を下ろした。煙草の匂いに交じって中年男の臭さが鼻を突いた。

「君は試験ではいつもトップクラスの優秀な成績を収めている。その才能を借りたいのだ」

「先生？」

　桃田は身を寄せてきた。

　ミチルの肩に手を回し、顔を近づけてくる。脂《あぶら》で汚れた眼鏡。髭の剃り跡の青さ。少し厚めの唇がミチルの目の前にあった。

　だしぬけに立ち上がった。

「悪質な冗談はやめて下さい」

「冗談なものか」

　腕を掴まれた。

　それをふりほどいて部屋を出ようとすると、桃田は素早く先回りして、ドアにロックをかけた。向き直りざま、ミチルに迫ってきた。

　スーツのズボンの前が膨《ふく》らんでいるのが見えて、ミチルは怖気《おぞけ》を感じた。

　桃田がさらに迫ってきた。笑みを浮かべている。

　ミチルは冷ややかな目でこういった。

「先生の奥さんは、たしか自殺されたんでしたよね」

　ふいに教授の表情が変わった。視線が揺らいでいる。

「いきなり何だね、君」

「だけど、本当は先生が屋上から奥さんを突き落とした。大学で何人も〝愛人〟を作っていることを知った奥さんが、それを世間に公表しようとしたからですよね」

「ね、根も葉もないことをいうもんじゃない！」

声が乱れていた。顔じゅうに汗を噴き出している。

「結婚されて夫婦関係はすぐに冷え切ってらっしゃった。それは先生が男の人にしか興味を持てないことがすぐに露見したからです。でも、奥様は資産家の娘だったし、先生はその財産が欲しかった——」

「いったい、何を！」

「奥さん、そこにおられますよ。まだ」

「え——」

桃田はミチルが指差すほうを振り向いた。

教授室の窓の外に、血まみれの女がいた。ここは五階の部屋である。もちろんベランダもない。

なのに女は腥血に濡れた顔で大きく目を見開き、窓越しに桃田教授を凝視していた。


首を傾げているのは、落下して地面に叩きつけられたとき、頸骨が折れたのだろう。頭の一部分が陥没《かんぼつ》しているのがはっきりと見えた。

「うわ！」

桃田が叫んで後退った。ガラステーブルにぶつかり、ティーカップが倒れてハーブティーをぶちまけた。そのまま教授は尻餅《しりもち》をついた。

「ま、雅子《まさこ》ッ！　許してくれッ！」

桃田がうわずった声で叫んだ。尻で後退っている。

彼の妻が両手を前に出しながら、ゆっくりと窓を抜けて入ってきた。

「あうッ！　わ、わ、わわわわッ！」

金切り声を放ちながら、桃田が壁際まで後退り、書棚に背中をつけた。原書が音を立てて何冊も彼に降ってきた。

血まみれの桃田夫人は唇をすぼめて笑みを浮かべた。宙《ちゅう》を滑《すべ》るように夫に近づいて、そっと顔を寄せた。

――あ、な、た。

アンモニアの臭気が強烈だった。桃田が失禁したらしい。

ミチルはそこまで見届けてから、研究室のロックを解除し、ドアを開けて外の通路に出た。歩き出して間もなく、すさまじい絶叫《ぜっきょう》が背後から聞こえた。

キャンパスに戻ると、少し離れたベンチに見覚えのある人影があった。

濃紺のキャップを目深《まぶか》にかぶり、胸に〈HONMOKU GANG〉とロゴが入った黄色のジャケット。カーゴパンツの長い脚を組んでいる。

ミチルは笑みを浮かべ、足早に向かった。

「ねえさん！」

深町彩乃は立ち上がり、かぶっていたキャップをとった。ポニーテイルの茶髪が風に流れる。

ふたりは抱き合い、すぐに躰を離した。

「ミチル、元気そうね」

「ねえさんこそ。それに、凄く若くてきれいだ」

「莫迦ね。私はあれから歳をとることができなくなったのよ。これからたぶん二百年ぐらい、ずっと二十四歳のままで生きていかなきゃいけない。ヴァンパイアでもないのにね」

「羨ましいよ」

そういって、ふと真顔に戻った。「わざわざここに来てくれたの？」

「港南市は横浜の隣街じゃない。車ですぐだよ」

「ミロも?」

彩乃がうなずいた。

「車内で退屈そうにしてるわ」

そういってから、彼女はふっと目の前の大学本館ビルを見上げた。そして横目でミチルを見た。

「あなた、さっき〝力〟を使ったでしょ。すぐにわかったわよ」

ミチルは気まずく視線を逸らす。

「いやな男色教授《だんしょく》に無理やり迫られたんで、つい」

「怪我はさせてない?」

「幻影を見せただけだ。でも、きっと当分、立ち直れないと思うけど」

「あんまり〝力〟を使っちゃダメだよ。あんたがそれをやると、屍鬼どもに悟られるから」

「わかってる。だから最小限にしておいた」

彩乃はうなずき、またいった。「奴らの気配はない?」

「うん。今んとこね。そっちは相変わらずハンターやってる?」

「今は〈みなとメディア・コミュニケーションズ〉の西島っていうチーフ・プロデューサーがターゲット。まだ屍鬼だと決まったわけじゃないけど」

「西島……直之のこと?」

「知ってるの?」

「昨日、たまたま読んだ〈メディアNOW〉っていう雑誌にインタビュー記事が載っていた。バリバリのやり手映像マンだっていう印象だけどね」

「雑誌で読んだぐらいで記憶してるの?」

「勝手に頭の中に残っちゃうんだ。ときどき、混乱することもあるけど」

そういってミチルはふと疑問に思った。

「でも、どうしてあんな有名人になりすましたんだろう。今まではずっと目立たない人間ばかり選んでたのに」

「奴らは何かを始めるつもりなのかもしれない。この横浜でね」

「まさか」

「危機管理は常に最悪を想定すること。あなただって、いつ、奴らのターゲットになってもおかしくないから、充分に気をつけてね。何かあったら、私とミロが駆けつけるから」

「うん。わかってる」

「じゃあ、行くね」

キャップを目深にかぶると、彩乃が彼に背を向けた。

カーゴパンツのポケットに両手を突っ込んだ姿で、足早に去っていくその後ろ姿を、ミチルはいつまでも見送っていた。

6

市内で起こった殺人事件がふたつ。

いずれも未解決のまま、時間ばかりが経過していた。

神谷鷹志警視は管理官として、それぞれの事件の現場に臨場し、それぞれの所轄署に置かれた捜査本部で指揮を執っていた。

そんな多忙の中、あの怪事件をひとりで追いかけるわけにはいかなかった。

そもそも自分が見たものが現実だったかどう

か、いまもって判然としない。

日ノ出町南交番に詰めている地域課の警察官はもともと二名であって、行方不明になった者はいない。

しかし、神谷はあの晩の光景がどうしても忘れられない。

港町署会議室での捜査会議が終わり、捜査員たちが立ち上がって出て行く中、神谷はデスクについたまま、しかめ面で窓外の青空に目を向けていた。

福富町で発生した殺人事件は、被害者がホームレスということもあって、あまり気乗りしない連中が多い。

しかし、遺体が特殊な液体のようなもので溶かされていたという事実が引っかかっていた。

人の肉体を溶かすのだから、おそらく強力な酸のようなものだろうが、科捜研の研究員たちが首をひねっているという。

現場から採集されたサンプルは、まったく未知の液体だったのである。

ふと、室内に目を戻すと、ちょうど捜査員たちのしんがりになって会議室から出ようとしているふたりの刑事に目が留まった。

「成田さん」

呼びかけると彼らは足を停め、振り向いた。

神谷は立ち上がり、足早にふたりのところに歩み寄る。

髪を短く刈り上げ、唇の薄い男が成田警部。

背が高く、髪の毛を古風なパンチパーマにして口髭をたくわえた男が山西巡査長。

どちらも神谷とはすでに面識がある。

「何でしょうか、管理官」

「君らはここらの下町事情に詳しいようだが、いろいろと訊ねたいことがあるんだ」

するど成田がニンマリと笑った。

「私らが詳しいというよりも、街のあちこちに情報屋がいましてね。ま、情報ったって、ほとんどが取るに足りんものばかりですよ」

「その、取るに足りんものでかまわないんだが、できるかぎりいろいろな情報を集めたい。そのことでふたりには協力をお願いしたいと思っている」

「といってもねえ」

成田は肩をわざとらしく上下させ、首を左右に曲げてからいった。「具体的にどんなことをお知りになりたいのか、いってもらわんとですなあ」

神谷は一瞬、迷った。

「この街のあちこちで常軌を逸した事件が起こってる」

成田はふっと眉を上げ、隣の山西と目を合わせた。

「――そのことで、何か噂のようなものは耳にしていないかな」

「横浜《ハマ》は古い港町ですから、まあ、いろんな珍事件、怪事件が起こりますよ。ただし、それはたとえば中国マフィアがからんだものだったり、どこかの国の秘密結社みたいな連中がしでかしたことだったりです。ところが、ここんとこ耳に入る噂は、ちと首をかしげざるをえないものが多いんです」

「たとえば？」

「この帳場（捜査会議）のホームレス怪死事件もそうですが、どうにも不可解というか、にわかに信じられんような事件や事故があちこちであります。野良犬みたいなものに食い殺された女性だとか、港のみえる丘公園の凍結死体だとか。他にもいろいろね」

「成田警部はそのことについて、どう思ってる」

「どうって……まあ、怪事件は怪事件ですし、それ以上のことはいえませんわな」

「それらの事件に、人間以外のものが関わっているという噂はないか」

成田はふっと吐息を洩らし、しかめ面になった。

「あることはありますな。最近、やたらと化け物とか妖怪じみたものの噂がよく流れとります」

「化け物とか妖怪……」

「あくまでも噂ですがね」

そういって、成田はニヤリと笑った。


「そういったことに関して、どこかで情報を得られないかな」

「福富町にひとり」

そういって成田が目を細めた。「繁華街の真ん中でバラック小屋みたいな粗末なジーンズショップをやってる男で、名前は有坂勉次《ありさかべんじ》。通称、福富《ふくとみ》ラッツ。まあ、行けばわかりますよ」

神谷は詳しい場所を聞き出してから、ふたりに礼を述べた。


伊勢佐木町に近い街区。

神谷が住む日ノ出町に近い野毛山《のげやま》、黄金町《こがね》、そして福富町から都橋あたりにかけての一帯は、古い下町風情を残した一角として知られている。

ここらは再開発の波もほとんど及んでいないため、戦後のごちゃごちゃした飲み屋街、風俗街の残滓《ざんし》のようなものがあちこちに残っている。

昔はそれこそ犯罪のるつぼ、温床《おんしょう》のような場所で、街を歩けばヤバイ目に遭うこともしばしばだったが、さすがに今はもう、そんなことはほとんどない。

コインパーキングに捜査車輛のソアラを停めた神谷は、しばしひとりで街を歩いた。

成田にいわれた店は、すぐに見つかった。

大岡川《おおおか》の畔にある、まさにバラック造りのような粗末な建物で、大げさな看板に〈ジーンズショップ・リバーサイド〉と読めた。建て付けの悪い扉を開くと、むっとしたカビ臭い空気が立ちこめている。

ビンテージもののジーンズが重ねられ、吊り下げられ、店内に流れる曲は往年のロックバンド、ドアーズの唄う〈ハートに火をつけて〉だ。

その古くさいメロディが、やけに店の雑然とした雰囲気に馴染《なじ》んでいる。

「えっと……？」

途惑っていると、レジの傍に座っていた小柄な男が顔を上げた。

口の周りに髭を生やし、派手な柄のアロハシャツに赤いキャップをかぶっている。

小さな目をしばたたき、神谷を見つめた。

「あんたかい。神奈川県警のお偉いさん刑事ってのは」

面食らった神谷に、彼がまたいった。「さっき港町署の山西さんから電話があったんだ」

「なるほど。それなら話は早い」

神谷は笑った。「有坂さん。ちょっと訊きたいことがあってね」

「ラッツでいいよ。俺の名は福富ラッツ。ここらじゃ、ちょいと知られた情報通だぜ」

そういって店主は自分の胸をドンと叩いた。

7

約束通り、西島志穂は、横浜スタジアム近くのバス停のベンチに座っていた。

フィアット・パンダを停めた彩乃は、ミロを助手席に残してドアを開け、外に出る。涼しい夜風がポニーテイルの髪を揺らした。

「ごめんね、こんな時間に呼び出したりして」

志穂は立ち上がり、小さくお辞儀をする。

午後八時半。中一の少女を外出させるにはあまりよくない時間だが、致し方なかった。

母親はちょうど所用があって外出中とのことだった。あまり遅くまで引っ張るのはよくないが、父親のいつもの退社時間が近づいていた。

フィアットの後部座席に志穂に乗ってもらい、車を出した。

〈みなとメディア・コミュニケーションズ〉のビル前に駐車をした。

ミロを後部座席の志穂の隣に移させ、そこに固定式の三脚を設置して望遠レンズに交換したEOS　6Dをセット。連写モードにして、レリーズでシャッターを切れるようにした。

動きのある被写体を撮ることになるため、長時間露光はむりだから、ISO感度を上げてシャッタースピードを速くする。

志穂から父親の写真は預かっていたが、念のために本人を確認してもらう。

そして、もちろん車内にいるミロにも。

「お父さん、ゆうべはどうだった?」

そう訊ねると、志穂は少し間を置いてからいった。

「帰ってくるなり、自分の部屋にこもっていました」

「ご飯は？」

「最近はいつも外食して戻ってくるみたいです」

「お母様もお気の毒ね」

もっともそれは西島直之が人間だったらの話だ。志穂の話を信じるかぎり、その可能性はきわめて低い。

もしかしたら西島は自室にこもり、志穂が見た軟体動物のような姿になっているのかもしれない。

すでに彼女の家庭は崩壊しているはずだ。そのことをこの少女に確認させることは、彩乃としてもつらかった。


屍鬼になりかわった人間を始末すれば、その当人に関する周囲の記憶はすべて消える。

それだけがもしかすると救いになるかもしれない。

志穂にとって父親は最初からいなかったということになる。あるいは過去のかすかな記憶のようになって定着するのかもしれない。

「父です……」

志穂の声に我に返った。

社屋ビルの正面玄関から灰色のスーツ姿の男が鞄を持って出てきたところだった。

彩乃はカメラのレリーズを握ってシャッターを切った。連写モードのせわしない音が続く。

そして後部座席のミロを振り返った。

狼犬がかすかに唸った。鼻に幾重もの皺を刻んでいる。

蒼い眸が道の向こうを歩く男にじっと向けられている。

間違いない。彼は屍鬼だった。

ミロが間違いを犯したことは、これまでただの一度もないのである。

「志穂ちゃん。ありがとう」と、彩乃はいった。

「父はやはり……？」

仕方なくうなずいた。

「二、三日中にケリを付けるつもりよ」

少女は俯き、唇を噛みしめていた。涙を堪えている。

彩乃はハンカチを差し出した。が、志穂は首を振り、涙に濡れた目で、反対側の歩道を歩き去って行く父親の後ろ姿をずっと凝視していた。

カメラを三脚から外して仕舞い、フィアットのエンジンをかけた。

「おうちまで送っていくわ」

そういってウインカーを出し、車を車道に滑らせた。

本牧に戻ると、〈CJ's BAR〉の青と赤のネオンサインが彩乃とミロを出迎えてくれた。

一杯、引っかけずにはいられなかった。

これまで屍鬼を何度も突き止めて倒してきたが、その身内である家族に依頼されたのは初めてのことだった。

だから、身につまされた。

あの少女のことを思うと不憫《ふびん》でならなかった。

車を車庫に入れると店の正面にまわり、磨りガラスのはまった重厚な扉を開く。

すぐにピアノの音が耳朶《じだ》を打つ。いつものジュークボックスではなく、生の演奏である。

広い店内に客が多く、彩乃は驚いた。

すぐに思い出した。

今夜は〈黒沢恵理香《くろさわえりか》　ライヴ〉の晩だった。

店の奥に鎮座するスタンウェイの黒い豪華なピアノに向かって、同じ漆黒のドレスをまとったすらりと長身の女性が座り、細長い指で曲を奏《かな》でていた。

ときおり襟許《えりもと》できれいに切りそろえた黒髪を揺らし、細い首を傾けながら、澄み切った声で傍らのマイクに向かって唄う。

曲は〈イパネマの娘〉。ボサノヴァのスタンダードナンバー。

店内にあるテーブルの客たちは、彼女のピアノとヴォーカルに聴き入っている。

その後ろ姿のシルエットの向こう、天井や壁から放たれるきらびやかなスポットライトの中で、恵理香の姿が美しく映えている。

店の入り口に立っていた彩乃は、傍らに停座するミロに合図する。

狼犬はちょっと不服そうな表情になったが、すぐに音もなく昏いフロアを移動して、カウンターの前を通り、店内の薄暗い片隅に伏臥した。

マスターのジャック・シュナイダーがバドワイザーのスタイニーボトルの栓を抜き、ミロ専用のボウルに泡立てながら注いだ。

それを受け取った彩乃が狼犬の前に置くと、ミロは満足げに目を細めながら、長い舌でペチャペチャとビールを舐め始めた。その隣に立って、彩乃はカウンターにもたれた。

ジャックがクアーズを差し出してきた。

受け取って栓《せん》を抜き、渇いた喉をビールで潤す。

左隅のテーブル席が空いているのを見つけて、ひとりでそこに座った。煙草に火を点け、クアーズを飲みながらライヴを楽しんだ。

ステージの恵理香は、彩乃とミロが店に入ってきたのを見ていたようだ。ときおり、こちらに視線を投げながらピアノを弾き、唄っている。

歌が終わり、客たちの拍手が送られる。

彼女は客席に向かって軽く会釈《えしゃく》を送り、すぐに次の曲のイントロを奏でた。

古いジャズ。〈ラウンド・ミッドナイト〉。恵理香の十八番《おはこ》である。

少しハスキーな声で歌が始まる。彩乃はその曲の旋律に身をゆだねるように、かすかに躰を揺らし、目を閉じた。

波の音がどこからかやってきた。

過去から押し寄せてくるいつもの幻聴だった。

黒沢恵理香は御影町の数少ない生き残りのひとりだった。

もとはテニスサークルに所属する女子大生だったが、たまたま合宿であの街に仲間と宿泊しているときに災厄に出くわした。

街が〈ゾーン〉にとりこまれ、永久に消滅したあと、恵理香はジャックの伝手《つて》を頼って彩乃とともに渡米し、アラスカ州フェアバンクス郊外にあるグリズリーランチで、ジャックの傭兵仲間によって三年にわたる戦闘訓練を受けてきた。

彩乃は拳銃、アサルトライフル、散弾銃など射撃全般と、ナイフと素手による格闘技、そしてサバイバル技術。

一方、恵理香の才能が開花したのは、もっぱらライフル銃を使った狙撃だった。千メートル以上の長距離の射程で、針の穴のようなピンポイントで的を撃ち抜く。精密射撃の名人だけに贈られる〝ネイラー（釘を打つ者）〟という渾名《あだな》を、恵理香は教官たちから授かっている。

三年後、ふたりは戦闘訓練をすべて終了したという印に、左腕に狼の入れ墨を彫った。

そう、だから今、スポットライトの光の中でピアノを奏で、美しいヴォーカルでジャズを歌う恵理香の腕にも、彩乃と同じ入れ墨がある。

恵理香を見ると、なぜか波の音がよみがえる。

アラスカに向かう米船籍の輸送船で密航するため、港に立っていた。あのとき、ふたりで視線を交わし合い、ともに屍鬼どもと戦うことを約束した――あの記憶が脳裡に焼き付いているからだ。

嵐のように海が荒れていた。

そんな中で波の砕ける飛沫を浴びながら、彩乃は恵理香と握手をし、ふたりで修羅《しゅら》の世界に生きていくことを誓った。

三年後、彼女たちは帰国して横浜に住み着いた。

彩乃は探偵となり、恵理香は〈CJ's BAR〉でピアノを弾きながらライヴをやっているうちに、引く手あまたの人気歌手となっていた。

プロへの誘いも多かったが、彼女はそれを断り、市内のあちこちの店やライヴハウスでこうして唄っている。

ふと気づくと、恵理香の歌が終わっていた。

満場の拍手を受けて、すらりとした漆黒のドレスでピアノの傍に立った彼女は、深々と頭を下げた。

照明が消えてライヴが終了すると、恵理香は滑るようにフロアを歩いて、カウンター越しにジャックからグラスを受け取り、彩乃のところにやってきた。

テーブルの向かいに座る。

恵理香が氷を鳴らして飲んだ。バーボンの香りが漂っている。

「久しぶりね、彩乃さん。ミチル君は元気？」

「今日、会ってきた。楽しそうに大学生してるよ」

恵理香が丹唇《たんしん》をすぼめて笑う。

もともとポニーテイルの髪型は恵理香のほうだった。今は彩乃がそれだ。

今の恵理香は美しい黒髪を短く切りそろえている。ほぼすっぴんの彩乃に比べて、化粧もよく似合っていた。

「奴らは？」ふいに真顔になって訊いてきた。

「今月は三体、始末した。もう一体、今日になって見つけたところ。〈みなとメディア・コミュニケーションズ〉のチーフ・プロデューサーで西島直之という人物よ」

「驚いたわ。有名人ね」

「あなたも知ってるの？」

恵理香がうなずく。

「たしか二カ月前、私のＰＶを企画したいってコンタクトしてきたわ」

西島がその二カ月前から屍鬼に乗っ取られていたかどうかはわからない。

だが、向こうから意図的に恵理香に接近してきた可能性は否定できなかった。

奴らにとってふたりは宿敵である。

しかし本当に狙うべきはミチルだ。屍鬼どもがこの街に多く集まっているのは、〝発現者〟である彼がいるからに他ならない。ミチルの存在は古《いにしえ》の邪神――旧支配者の復活を妨げているからだ。

「で、西島はどうするの」

「すぐにケリを付けるわ」

恵理香がうなずいた。目を細めて笑みを浮かべる。

「もし、私が必要になったらいつでも呼んで。すぐに駆けつけるから」

「わかってる」

彩乃がかざしたクアーズのボトルに、恵理香がそっとバーボンのグラスを重ねた。

第二部

1

「あの――」

　ふいに声をかけられて、ミチルはハードカバーの書物から目を上げた。

　あのときの女子大生がすぐ近くに立って、彼を見つめていた。

　デニムのロングスカートにスニーカー。ダンガリーシャツにグレイのパーカーをはおり、長い黒髪を後ろに垂らしている。きれいな二重《ふたえ》瞼《まぶた》の目を少し細めてミチルを見下ろしていた。

「ごめんなさい。また、ここでお見かけしたものだから、つい声をかけてしまいました」

　ミチルが見ていると、彼女はかすかに眉をひそめた。

「お邪魔だったかしら」

「いえ」本を閉じてミチルはいった。「いいんです。退屈な本だったから」

　彼女の視線が表紙に注がれた。

「THE CALL OF CTHULHU……」

　タイトルを読まれてミチルが苦笑する。

「ラヴクラフトという、ちょっと変わった作家が書いた古典ホラーです」

「意外です。ホラーなんて読まれるのですね」

「別に好きだからというんじゃなく、必要だと思ったから」

「え？」

「ぼくをとりまく特殊な状況のせいです。きっとあなたには無関係だ」

　彼女はさすがに奇異な顔をしたが、ふいにまた口許に笑みを浮かべた。

「新宮《しんぐう》さやかといいます。古風な名前でしょ。しかも下の名前、ひらがななんです」

白のトートバッグを持ち、すらりと背筋を伸ばして立っている彼女を見上げ、ミチルは笑った。

「藤木ミチル。ぼくのほうも女の子っぽい名前みたいだし、しかも下の名前、カタカナです」

さやかと名乗った娘が少し吹き出したようだ。

「隣、座りませんか？」

「いいんですか？」

小首を傾げるさやかにいった。

「もし、どなたかとお会いになる予定なんかなければの話ですけど」

すると彼女は頬を赤く染めた。「そんな人、いませんし」

「じゃ、どうぞ」

ミチルが中腰になってベンチの端に移動した。隣にさやかが座ってきた。遠慮がちに少し間を空けているが、清楚な感じの髪の匂いがした。

しばし会話に間が空いた。

「ミチル……さんは市内にお住まいですか」

「本町三丁目にあるマンションでひとり暮らしです。あなたは？」

「横浜市内の山手町の自宅から通ってます。ひとり暮らしって、ちょっと憧れなんです」

「ぼくには家族がいないから」

「ご両親とか？」

「だいぶ前に亡くなりました。今は横浜に住む〝姉〟がひとりだけ」

「そうだったんですか。お気の毒に」

ミチルは俯いて、ふっと笑みを浮かべた。「でも、こんなふうに声をかけてくれた女性は初めてですよ。少しびっくりしました」

「意外です。ミチルさんって凄く女性にモテそうだし」

それはたしかだった。

というよりも、うんざりするほど向こうから意識される。さんざん声はかけられるが、露骨にいい寄られる。そのたびに彼は拒絶してきた。

女性が嫌いなのではない。ミチルも人並みに異性には心惹《ひ》かれる。

しかし、あまりに特殊な生を受けた人間であるがゆえに、ふつうの若者としての恋愛というものが自分にふさわしくないのだと思えてしまう。

だから孤独なのだった。

いつもこうしてひとりでいるのである。

隣に座るさやかの横顔をふと、見つめた。その俯きがちな容貌の中に、ミチルは自分と同じ孤独を見つけてしまった。

この人も何らかの事情で、寂しくひとりきりで生きていかねばならないのかもしれない。

そう思ったとたんに胸が締め付けられた。

さやかがミチルを見た。

「実は一度、お会いしたことあるんです」

ふいにいわれて驚いた。

「二年前の夏、桜木町駅のホームで不良ふたりにからまれたとき、助けていただきました」

「あのときの……」

さやかはまた頬を染めて俯《うつむ》いた。

よく憶えていた。

ベンチに座っていた女子高生に、アロハシャツ姿の柄《がら》の悪いチンピラ風の男たちがいい寄っていた。ホームにいた人たちは見て見ぬふりをして遠巻きにさけていた。

ミチルはちょうどホームに入った電車から降りたところで、その現場を目撃した。

誰も彼女を助ける様子もなく、捨て置けないと思って近づいていった。

男たちは当然、ミチルに突っかかってきた。しかし指一本、触れることもできなかった。

わずかに〝力〟を使ったからだ。それぞれの中にあった恐怖の本能を、少しばかり抉《えぐ》ったのである。

ふたりは顔色を変えて、その場を逃げ出した。からまれていた女子高生は青ざめたまま、棒立ちとなっていた。

ミチルは彼女に声をかけることもなく踵を返し、改札口へと向かった。背中に視線を感じていた。


「私、まだ高校生でした。きっと、あなたも」

ミチルはうなずく。

「不思議な人だと思いました。何か特別な武術みたいなものを？」

「いや」ミチルは言葉を切り、いった。「〝後ろにお巡りさんがいるよ〟ってささやいただけです」

見え透《す》いた嘘に、彼女は納得いかない表情だったが、それ以上は追及してこなかった。

「でも、まさか……あのときの人と同じ大学でいっしょになるなんて」

「奇遇、なんでしょうね。きっと」

「あらためて、お礼をいわせて下さい。本当にありがとうございました」

ミチルは少し照れて俯く。柔らかな前髪がはらりと額に垂れた。

「今日はこれから講義が？」

「いや。第二外国語のフランス語が休講になったからフリーです」

するとさやかの顔がパッと明るくなった。

「だったら、これからちょっとおつきあいいただけません？　ぜひご紹介したい素敵なお店があるんです」

そういって立ち上がったさやかを、ミチルは見上げた。

「駅前の中道通りにある喫茶店なんですけど、スイス製なんかの時計がいっぱい壁にかざってあって、レコードでクラシックを流しているんですよ」

ミチルが答えずに顔を見つめていると、さやかはまた顔を少し赤らめた。

「ごめんなさい。自分の趣味を押しつけるみたいで」

「いや。いいんだ」

ミチルはゆっくりと立ち上がる。

背が高い彼は少しさやかを見下ろすかたちになる。

「古いものは好きです。ぜひ、その店に行ってみたいな」

「ホントに？」

ミチルはうなずいた。

そしてさやかと肩を並べ、歩き出した。

2

県警本庁舎のエレベーターから十二階フロアに降りたとき、ポケットの中で携帯が震えた。

電話の相手はリストに登録したばかりの〈福富ラッツ〉こと有坂勉次だった。すぐに耳に当てた。

「もしもし、神谷です」

――ラッツです。さっそくですが、ちょいと妙な情報を耳にしまして。

「妙な情報……」

――最初はちんけな都市伝説だとか、ガキどもの噂ぐらいに思ってたんですがね。どうも最近、この街のあちこちで変なことが起こってるっていうんですよ。にわかに信じがたい話なんですが。

「どんなことだ」

――よく、人が変わるなんていいますけど、人格がまったく違っていたり、まるで他人みたいに態度が変わったり――そんな連中があちこちで増えているっていうんです。

「詳しくいってくれ」

――昔、ＳＦだかホラー映画だかであったでしょ。人が化け物だかエイリアンだかに憑依されたり、肉体を乗っ取られてしまうって話。そういうのがどんどん増えて、ひとつの街が何かに乗っ取られちゃう。どうもそれっぽい話なんですがね。

「莫迦な……」

いいかけて、神谷は口を閉ざした。

あの夜、見たことを思い出したからだ。

――それだけじゃないんです。近頃ね、幽霊を見たとか、化け物が出たとか、そんな噂話をけっこう耳にするんですよ。とくにインターネットのローカルの掲示板とか。いや、それだけじゃなく、ちょっと入った居酒屋で、カウンターの客同士がそんな話をしてたりしてね。

「人格の変貌とその奇妙なものの目撃と、どう関係あるんだ」

――大勢の人が、その……何かに乗っ取られて、そいつらになりかわってるんじゃないかって。

「何かっていったい何だ」

――近所の小学生どもが、〝屍鬼〟っていってました。屍鬼《しかばね》に鬼って書くそうです。

「〝屍鬼〟……？」

――で、驚いたことに、その屍鬼をひそかに抹殺している闇のハンターが、この街にいるそうです。正体はまったく不明だし、倒す手段もわかんないんです。ただ、悪魔払いみたいなことをしているとは思えないし、でも、そういう人物が存在するという話は、何度か耳にしました。

「屍鬼を狩る者、か。面白い話だ。捜せないものか」

――どこかの店で、腕に狼の入れ墨がある人物に会えばわかるということでした。俺が知ったのはそんなところで。

ややあって、ラッツはまたいった。

――ねえ、神谷さん。こんな莫迦げた話、警察のあんたにいってもいいんですかね。

「何だっていいから、情報を教えてくれといったんだ。感謝してるよ」

――この件、引き続き情報を探ってみます。でも、なんだかかなりヤバイ臭いがしますね。それも今まで経験したことのない、極め付きの奴で。

「むりはしないでくれ」

――諒解ッ。

通話が切れた。

神谷は額に汗をかいているのに気づいて、そっと拭った。

十二階フロアを歩き、刑事部捜査第一課のオフィスに入ろうとすると、ちょど出てきた木島警視が声をかけてきた。

「おい、神谷。瀬戸さんが捜してたぞ」

「わかった」

神谷は片手を上げ、課長のデスクに向かう。

捜査課オフィスのいちばん奥で、瀬戸は腕組みをしたまま、窓の外を見ていた。

その前に立ち止まり、神谷は気づいた。

いつも欠かさず、トレードマークのように着用している臙脂のネクタイがなぜか今日にかぎってなく、シャツの襟をはだけたままだったのである。

彼は声をかけた。

「課長。お呼びですか」

ギシッと椅子を鳴らして彼は向き直った。その表情がやけにこわばっていた。というか、能面のように感情が読めない。だから神谷は困惑した。

「悪いが、ちょっとつきあってくれ」

ふいに立ち上がり、瀬戸は彼に背を向けて歩き出す。

仕方なく神谷もそれに続いた。

フロアの端にある男性用トイレの洗面所に立ち、瀬戸警視正は鏡に向かって厳めしい表情を見せている。

蛇口から水を流し、両手を洗い、ハンカチで拭いた。が、後ろに立つ神谷のほうを見ようともしない。

「どういったご用件ですか」

「久美と、二度と会わんでくれないか」

出し抜けな言葉に神谷は声を失った。いったい、何の冗談だろうかと思った。

瀬戸の姪、峰岸久美とは婚約をかわした間柄である。

昨夜、市内のレストランで食事をしたばかりだった。結婚指輪をどこで買うかなどという話で盛り上がっていた。

「いきなりどうしたんですか。私が彼女に何か……」

「とにかく、ダメだといったらダメなんだ」

狼狽えてしまった。頭の中が空白になりそうだった。

「い、いや。それじゃ、私にも何が何だかわかりません。姪御さんに失礼なことをしたとかでしたら、それをはっきりといっていただかないと」

「久美が君に会いたくないというのだ。だから、もう二度と会うな。それだけのことだ」

いったい、何が〝それだけ〟なのだろうか。わけがわからなかった。

「だったら、本人の口から確かめてみます」

ポケットの中から携帯電話を取りだした。

「ならん！」

怒鳴られたとたんに手の中から滑り落ち、それは洗面所のリノリウムの上で音を立てて滑った。

あわててそれを取り上げ、瀬戸を見上げた。

まるで鬼か仁王のような形相で、口を引き結び、彼は神谷を見下ろしている。

視線が合ったとたん、怖気が走った。

瀬戸はゆっくりと目を逸らし、また鏡に映る自分の顔を見つめた。

「お前に久美はやらん」

そういって、ネクタイのないシャツの襟を撫でた。

そんな瀬戸警視正の横顔を見ているうちに、ふいに神谷は異変に気づいた。

瀬戸の左耳の孔から、赤いものがあふれ、耳たぶの横から顎下、首筋を這って筋となっていった。それは血だった。

しかし瀬戸は気づきもせず、鏡に向かって立っている。

神谷はわずかに後退った。

背中がコンクリートの壁にぶつかったが、そのまま男子便所から外へと逃げ出した。

エレベーターに乗って展望台まで上がると、周囲に人がいないのを確かめて、携帯電話の液晶画面をタップした。

峰岸久美のアイコンを呼び出して、通話モードにする。

呼び出し音が続いた。

いつまでも続いていた。

3

西島直之をマークして三日目になった。

その日は雨模様だった。霧のような小糠雨《こぬかあめ》が街を濡らしている。

いつも、彼は退社して社屋ビルから出てくると、JR線関内《かんない》駅に向かって歩く。

しかし、その夜にかぎって、彼は会社前を通りかかったタクシーに手を挙げた。車が滑るように路肩に寄ると、後部座席に乗り、タクシーは発進した。

少し離れた場所から見ていた彩乃は、フィアット・パンダ4×4を発車させ、少し距離を置いてタクシーを尾行した。

時刻は午後八時五十分だった。

タクシーは西島の自宅がある桜木町方面に向かわず、逆の山手地区方面に走っていた。彩乃は間に一台を置いて、慎重に尾行する。

雨に濡れるフロントガラスを、ワイパーが拭う。

助手席に座るミロはドライブが退屈なのか、ときおり大きく口を開け、欠伸を洩らしている。

丘を下って根岸《ねぎし》へ向かう頃、車が減っていき、タクシーの後ろを走っていた軽ワゴン車が左折してしまった。

彩乃は五十メートルほど距離を空けて、夜霧と闇に滲むようなタクシーの赤い尾灯を追いかけた。

やがて横浜の隣、港南市に入った。

ミチルが通う大学がある港町だ。

しかし海から離れて次第に北に向かう。郊外に出て、一車線の道路の左右は疎林《そりん》となった。人家の明かりもほとんどない。

そんな場所で、ふいにタクシーはブレーキランプを光らせ、停車した。

彩乃は少し迷ったが、やや徐行気味にゆっくりと停車したタクシーを追い抜く。ステアリングに手をかけたまま、彼女は振り向いた。

タクシーの車内は昏いままだ。

奇妙だった。

こんな場所にタクシーが停まる理由はない。

しかも、停車したのに車内灯も点かない。

彩乃は行きすぎたところでフィアットのブレーキを踏んだ。

上着の前を開き、左脇に手を入れてホリゾンタルタイプのショルダーホルスターのホックを拇指で弾き、黒い自動拳銃を抜き出す。

スプリングフィールドM1911・四五オート・カスタム。そのスライド後端を左手で覆うように掴んで、めいっぱい後ろに引き、放した。

金属音とともにスライドがマガジンの初弾をくわえて薬室に送り込む。銀色のデルタハンマーが起きた状態で、サムセフティを安全位置にした。

いわゆるコック・アンド・ロックの状態だ。

次に右の太股につけた革製ホルスターに入った無骨な散弾銃を引き抜く。

サベージ社スティーブンス311Aの銃身と銃床を短くカットしたソウドオフ銃。

サイド・バイ・サイドと呼ばれる水平二連の開閉レバーを回し、銃身を折って、ふたつの薬室にシェルの尻が金色に光っているのを確認する。

銃身を戻し、セフティをかけ、ホルスターに差し込んだ。

助手席からミロが蒼い眸で見つめてきた。彩乃がうなずく。

キャップを目深にかぶり直し、フィアットのドアを開き、車外に出た。

霧雨が流れていた。

ジーンズのベルトのホルダーから、シュアファイア社の強力なフラッシュライトを抜く。テールボタンを三度プッシュし、最大光量にする。

六百ルーメン。ＬＥＤの強烈な白い光が闇を切り裂く。

タクシーは道の真ん中に停車したまま、ヘッドライトを光らせていた。その光条が霧に反射している。かすかなエンジンのアイドリングの音が続いている。

彩乃とミロはタクシーのヘッドライトの光条が伸びる真正面を避け、左側から接近した。

フラッシュライトを逆手にかまえ、右手に握るスプリングフィールドＭ１９１１は、太股にピッタリとつけるようにしている。

そうすると意外に拳銃は目立たないものだ。しかも後ろ手に隠すよりも、遥かに速く標的をポイントできる。

タクシーのすぐ傍に立ち止まる。車内は依然として昏い。明らかに異常だ。

右手に握っていた拳銃を、ライトを逆手に持つ左手の上に重ね、クロスさせるようにかまえ、銃口を車窓に向けた。

そのまま車体の横にゆっくりと回り込む。ゆるいアイドリングの音が続いている。

強力なライトで車内を照らす。が、ガラスの内側が何かでどす黒く濡れていて、まったく内部が見えない。

それが血だと気づいた。車内に鮮血が飛び散っている。

そのとき、ふいにミロが唸った。鼻筋に幾重もの皺を刻んでいる。

――中に屍鬼がいる。

ミロが野太く吼えた。二度。

その瞬間、後部座席の窓ガラスが派手な音とともに飛散した。

同時に赤黒い色をしてぬめぬめと粘液に包まれた長い触手が数本、車内から飛び出してきた。

彩乃は身をかがめ、その攻撃をからくもかわしざま、拳銃を立て続けに八発、発砲した。フルオートのようにすさまじい連射。弾丸はいずれも車窓を貫通した。

タクシーの中から獣の唸り声のようなものが聞こえた。

拳銃弾とはいえ、ホローポイントの弾頭先端に魔除けの銀をコーティングし、〝守護者〟のパワーを込めた。

だから屍鬼にはかなりのダメージとなるはずだ。

しかし完全には斃せない。

スライドが後退したまま止まった拳銃の空弾倉を落とし、右の脇下から予備弾倉を抜いてグリップにたたき込む。

スライドストッパーで遊底を戻しざま、拇指でセフティをかける。

素早く拳銃をショルダーホルスターに戻すと、右太股のレッグホルスターから水平二連のソウドオフ銃を引き抜いた。レバー後部にあるセフティを解除する。

タクシーの車体が激しく揺れた。

内部から爆発したように、後部座席のドアが派手に外に向かって吹き飛んだ。

さすがに彩乃はひるんだ。

ミロが激しく吼え立てた。

最初に出てきたのは、運転手の死体だった。白いワイシャツが血で斑《まだら》になっている。それが車内から蹴り出されるように外に飛び出し、濡れたアスファルトの路面に落ちた。

うつぶせになった運転手は、ピクリとも動かなかった。

彩乃は車に目を戻した。

突如、タクシーの歪んだ車体から異様なものが姿を現した。

無数の触手が生えた肉色のボールであった。

触手の付け根には、それぞれ〝目〟があった。すさまじい数の目がいっせいに開かれて彩乃を見ている。

屍鬼は人のトラウマや恐怖心がその姿形を作り出す。だから、さまざまなタイプがいる。

人間が屍鬼に内部から乗っ取られてその姿に変身することもあれば、人の思念が自分の外に屍鬼を生み出すこともある。

しかしこれほどまでにおぞましい形をした屍鬼を、彩乃は未だかつて見たことがなかった。


いや、すでにこいつは屍鬼ですらないのかもしれない。

地上に存在するいかなる生物にも似ていない。どこか遠い星に棲む奇怪な生命体のようだ。

シュルシュルと音を立てながら、それぞれの触手が不規則に震えてくねっている。いっせいに目が瞬《まばた》きをした。

と――

無数の触手が突如、それぞれ一直線になって、彩乃めがけて伸びてきた。

横っ飛びにかわした。ミロも身をひるがえして避けた。

十メートル近く伸びきった無数の触手が、いっせいに縮んだ。

が、すぐにまた一直線に伸びてきた。彩乃はまたジャンプしてかわしながら、空中でショットガンを発砲した。

轟然たる銃声とともに、肉色の球形の怪物が血しぶいた。触手が何本かちぎれた。アスファルトの路面に肩から落ちて回転し、立ち上がりざま、二発目をぶっ放す。

鹿撃ち用のダブルオーバック。九粒の大型散弾が屍鬼のど真ん中に命中し、肉と粘液を四散させた。魔物が躰を震わせ、奇怪な甲高い声を放った。

ちぎれて路面に落ちたいくつかの触手が、巨大なヘビのようにのたうっている。

スティーブンス311Aショットガンの銃身を折り、立ちこめる硝煙の中で二発のプラスチック製シェルを指先でつまむように抜き出して横に弾く。

カラカラと乾いた音を立てて、それらはアスファルトの上を転がっていく。

すぐにカーゴパンツのポケットから、赤色の新しいショットシェルをふたつ取り出した。

表に〈REMINGTON OO-BUCK〉と書いてある。それらを耳許で軽く振ると、薬莢の内部で散弾が触れ合うかすかな音がする。

それぞれの薬室に込め、銃身を閉じた。

さしもの屍鬼も、今の二発で相当なダメージを受けているようだ。

残った触手をふるわせながら、丸い躰をしきりに収縮させたり膨らませたりしている。表面にある無数の目が、異様に光っている。

ミロが吼える声。

「わかってる。さっさとトドメを刺して、ケリを付けるよ」

そういって水平二連のソウドオフ銃を両手で

目の高さにかまえた。
そのとき、爆音が聞こえた。
オートバイの排気音だ。それも複数。
振り返った。同時に闇の向こうから放たれた
バイクの強烈なヘッドライトの光が、彩乃の目
に飛び込んできた。
まずいと思った。
屍鬼との戦闘を一般人に見られるわけにはい
かない。ましてや、無関係の人間を巻き込んで
犠牲を出したくない。
しかし次の瞬間、その心配は杞憂《きゆう》となった。
バイクは三台。
それぞれに跨《また》がるライダーの姿を見て、彩乃
は驚いた。
揃いの黒い革ジャンに革ズボン。しかしその
顔は人間のものではなかった。
真っ赤な鬼面。角と牙が夜目にも鮮やかに見
えている。
奴らも屍鬼だ。
三台のバイク——カワサキ　ＭＳＬゼファー
が、三角形に並んで突っ込んできた。
衝突の直前、彩乃が地を蹴って跳び退る。空
中で横向きになりながら、ショットガンをぶっ
放した。
右側のライダー。革ジャンの背中が炸裂した。
大粒の散弾を浴びて、バイクから前方に吹っ飛
ばされた。
路面に肩から落ちて、回転し、膝を突いて二
発目の射撃。
左側のライダーの頭が消し飛んだ。バイクか
ら胴体が転げ落ちた。
乗り手を失った二台が慣性で走り、やがて路

肩から林に突っ込んで倒れた。

落ちた屍鬼たちは青い炎を発して燃え始めた。

残る一台のライダーが急ブレーキ。車体を傾がせながら片足を突いて停まり、ゼファーのアクセルをひねって強引にターンさせた。

ショットガンにリロードしている余裕がない。それをレッグホルスターに突っ込むと、ショルダーホルスターの自動拳銃を引き抜いた。サムセフティを解除し、半身になって両手でかまえた。

ふたたびバイクが突っ込んできた。

強烈なヘッドライトの光芒が、まともに網膜に飛び込んでくる。

彩乃は目を細めながら拳銃を発砲した。初弾がヘッドライトを破壊し、二発目、三発目がライダーの顔や胴体に命中する。

反動を抑えながら、立て続けに引き鉄《がね》を絞った。視界の端を金色の薬莢がはじけ飛んでいく。

猛烈な発砲音に交じって、アスファルトの上を転がる真鍮《しんちゅう》の音が聞こえる。

そのときだった。

背後から伸びてきた触手が、彩乃の胴体と左の太股に巻き付いた。

うかつだった。

タクシーの中の屍鬼にトドメを刺していなかった。

触手が分泌する体液は酸のようだ。衣服が溶け、皮膚が酸に侵される。激痛に顔を歪めた。

ミロが吼えながらやってきて、触手を咬み切ろうとした。

狼犬が悲鳴を洩らした。強烈な酸だ。

「やめて！　あなたまで――！」

彩乃はとっさに銃口をめぐらせ、自分を捕捉した触手を撃った。

二発でそれぞれが断ち切られ、彩乃は解放された。が、ライダーが急接近していた。

スプリングフィールド・アーモリーの拳銃は弾丸が尽きてスライドストップしていた。

とっさに空弾倉を落とし、ふたつ目の予備弾倉をホルスターから抜いて銃把《じゅうは》にたたき込むと、振り向く間もなく脇の下から射撃した。

すさまじい速度の連続射撃。

間近に迫ったライダーの顔や首が血しぶいた。

八発全弾を受けて、鬼面のライダーが風にさらわれるようにバイクから背後に落ちてゆく。

路上に叩きつけられ、二度、三度と革ジャンの躰が弾んだ。路肩を越えて立ち木に叩きつけられる。

しかし乗り手を失ったバイクが、そのまま霧雨を切り裂くように、彩乃に突っ込んできた。

かわす余裕がなかった。

鋼鉄のマシンが彩乃の真正面から激突した。

吹っ飛ばされた彼女は空中できりもみになり、アスファルトの上に背中から叩きつけられる。

二度、三度と転がり、うつぶせになった。

つかの間、意識を失っていたようだ。

目を開き、濡れたアスファルトの上に突っ伏しているのに気づいた。

ふいにペロペロと顔を舐められた。

ミロと目が合った。

「ありがとう。心配してくれて」

そういって周囲に目をやった。

すぐ近くに、彼女の拳銃とショットガンが濡れた路面に落ちている。

路上に横倒しになったバイク。

破壊されたタクシーの車体と運転手の惨殺死体。

あの肉色のボール状の魔物の姿がなかった。逃げたのだろうか。

立ち上がろうとして、果たせなかった。

肋骨が折れているようだ。それだけでなく、右足の太股も妙な方向に曲がっていた。

「くそ。こっぴどくやられたわ」

つぶやいたとたん、内臓がせり上がって口からこぼれるような感触があった。

うっと肩をすぼめたとたん、口から大量の血がこぼれ落ちた。

遠のきそうになる意識を何とか保《たも》った。

〝守護者〟には常人にない驚異的な細胞復活能力がある。

しかし、彩乃がその存在になってまだ八年目で、超常能力は完全ではない。しかもここまでダメージを受けると、治るのに時間がかかる。

ぐずぐずしているわけにはいかなかった。郊外とはいえ、ここは横浜に隣り合う港南市だ。いずれ誰かが通りかかる。

彩乃はカーゴパンツのポケットから携帯電話を引っ張り出した。

スマートフォンの画面にある、藤木ミチルのアイコンをタップした。

そのとたん、ふっとまた意識が遠のいた。

濡れた路面にスマートフォンが落ちた。

その横に彩乃は突っ伏した。

――ねえさん。どうしたの？　もしもし？

薄れゆく意識の中で、ミチルの声を聞いていた。

4

黄金町にトヨタ・クラウンの覆面車輛を乗り入れて間もなくのことだった。

霧雨に濡れるフロントガラス越しに、路地裏に光る赤提灯を見て、助手席の成田がいった。

「ヤマちゃん。あそこに停めてくれんか」

ステアリングを握った山西も、ちょうど小腹が空いたところだった。

車を徐行させ、屋台のラーメン屋の近くに停めた。ドアを開き、ふたりの刑事が傘も差さずに屋台に駆け込んだ。

〈夜泣きラーメン　べんがる〉

そう記された暖簾《のれん》をくぐると、丸椅子が並ぶカウンターに他の客はいなかった。

「いらっしゃい」

目の細い丸顔の男が白いコック帽の下で笑みを浮かべた。

「成田のおやっさん。久しぶりですね」

「お前、まだここでやっとったのか」

「もう十年になりますわ」

相変わらず満面の笑みのラーメン屋を見て、山西が成田に訊ねた。

「この人は？」

「高沢文太《たかざわぶんた》。通称〝落としのターさん〟つうてな。もともと港北署の名物刑事だったんだ」

「へえ。元神奈川県警の刑事のラーメン屋……っすか」

奇異な顔をする山西の肩を、成田が笑いながら叩く。

「うめえんだぞ、こいつが作る〝こってりラーメン〟はよ。警察辞《や》めて、家系《いえけい》の大手ラーメン店で修業して独立し、本家を超えちまったといわれとるぐらいだ。そんなこんなで、ちゃんとした店を出しゃいいのによ。こんな裏町でちまちまとまあ……」

「屋台の商売が好きなんでさ」

高沢といわれた屋台の主人がいった。「いろんな人に出会えるし、こうして面と向かって話せるじゃないですか」

「なるほどなあ。お前は昔も今も人が好きだなあ」

「で……何にしますか」

メニューを差し出してきた。

「ターさん。チャーシュー麺だ。麺は固めで背脂いっぱい入れてくれ」

成田に続いて山西も注文する。「じゃ、俺も同じので」

「へいっ」

高沢が威勢良く返事をし、ラーメンを作り始めた。

成田は煙草をくわえる。すかさず山西がライターを出してくる。

「ところであの神谷管理官だが――」

そういって成田は声をひそめ、山西の耳の傍でいった。「例のオカルトじみた事件に興味を持っているようだが、あんまりあちこちで突き回すのも、よかねえんじゃないかなあ」

山西が眉根を寄せて神妙な顔になる。

「化け物だとか、人が変わるだとか、どうもにわかに信じがたいんですが」

「長年、警察やってると、いろんな事件が起こるもんだが、ここんとこのあれはいくら何でも異常すぎる。ゆうべだって、〝女房がろくろ首みたいになった〟って港町署に駆け込んできた男がいたよな」

「ああ。地域課の警官がパトカーで家に行くと、そいつにはもともと女房なんていなかったって顛末《てんまつ》でした。独身のくせして何が女房がろくろ首だってての」

と、山西が苦笑する。

「本人も自分がいったことの意味がわからず、あとでふぬけになったみてえだったなあ」

ゲンノウを取り出し、自分の肩を叩きながら成田がいった。「ところでそいつ。覚醒剤や麻薬の反応は出たのか?」

「どうも出なかったらしいですよ。たんに頭がおかしい人間なのかもしれませんがね」


そのとき、高沢がラーメンをふたつ出してきた。

「へい。お待ち。特製チャーシュー麺。チャーシュー二倍サービス!」

ドンとカウンターに置かれたそれを見て、成田と山西が「おおっ」と声を上げる。

さっそく割り箸をとってパシリとやる。

「美味《うま》いな」「美味いっすねえ」とふたりでラーメンをすすり始めたとき、ふいに暖簾が煽られて派手な柄のアロハシャツに赤のベースボールキャップの男が入ってきた。

「デラックスラーメンの大盛りひとつ!」

野太い声で注文を投げながら丸椅子に座った男を見て、成田と山西が同時にいった。

「福富ラッツ!」

たまげて振り返った髭面の男。

「おやっさん。すっかりご無沙汰をしちまって」

キャップを脱いで、ラッツが萎縮《いしゅく》しながらいった。

「最近、景気はどうよ」

「ジーンズショップはイマイチですが、あっちのほうは、まあボチボチでして」

「県警本部の神谷さんからコンタクトがあったろ？」

成田にいわれてラッツがうなずく。

「それが妙な話なんですよ」

「リアルホラーについて、いろいろ？」

ラッツが驚いた。「知ってたんすか」

「たしかにここんとこ、妙な噂が街じゅうに流れてるしなあ」

「その件で、おやっさんたちのほうはどうなんですか」

成田は刈り込んだ頭を掻いた。

「どうもこうも、うちの署にゃオカルト課なんてのがないからよ。どうこう騒がれても困るんだわ」

「ガキどもは〝屍鬼〟が出たなんて騒いでますが」

「〝しき〟？」

「屍に鬼と書いて屍鬼だそうです。ゲームか何かの影響だと思うんですが」

「だがな」成田が割り箸をラッツにかざして、カチカチ合わせながらいった。「噂ってのは、ときとして妙に真実を突くってこともあるからなあ。化け物がどうたらじゃなくて、まあ、この街で何かが起こってるのはたしかのようだ」

成田は丼をかざした。「ターさん。麺、固めで替え玉！」

「へいっ」と店主が威勢のいい返事。

続いてラッツに向かってできたてのラーメンを差し出してきた。

「お待たせしました。デラックスラーメン大盛り一丁！」

受け取ったラッツががっつくようにすすり始める。

「うん。ところで――」

ラッツは丼の中に突っ込むようにしていた顔を上げ、いった。「おやっさんたち、知ってます。闇のハンターの話」

「闇のハンター……」

成田と山西がそろって声を合わせた。

「巷に出没するあやかしの類《たぐい》をひそかに退治する始末屋がいるってんです」

「んな話、初耳だぜ」と、山西がつぶやく。

「どこかの店に行って狼の入れ墨がある人物に会えばいいってんですが、そこから先がとんと」

「狼の入れ墨――」

成田と山西が視線を合わせた。

「左腕にそんな入れ墨入れてる奴を、ひとり知っとるが？」

そういった成田を驚きの表情で見つめるラッツ。

「まじすか？」

「本牧埠頭で探偵やってる跳ねっ返りの姉ちゃんだ」

そういってから、成田がふっと鼻で笑った。

「なんてなあ。たしかに腕っ節は男勝りに強いが、あんな姉ちゃんが？」

「ですよねえ」

ぷっと吹き出した山西を見て、ふいに肩を揺らしながら笑い出した。

「へい。替え玉固め。お待ち！」

店主が差し出してきた水切りの麺を、成田が満面の笑みを浮かべて丼に受けた。

5

意識を取り戻したとき、目の前に藤木ミチルの顔があった。

心配そうにこちらを見つめている。

ハッと起き上がろうとして、肋骨付近に強烈な痛みを感じて歯を食いしばる。

下着だけの上半身に包帯が巻き付けてある。右の太股も副え木で固定されていた。

「むりしちゃだめだよ」

ミチルが真顔でいった。「ねえさんは〝守護者〟としてのキャリアが浅いんだ。躰の快復力はまださほど高くないんだよ」

「わかってる。でも……」

ミチルの後ろにいる人物を見て驚く。

白衣の老人。真っ白な顎髭が自分の膝に届きそうなほどに長い。

「ヒゲじいのところだ」

ミチルにいわれて納得した。

都橋にある富澤《とみざわ》医院だ。院長の富澤隆茂《たかしげ》はれっきとした外科医であり、町医者の看板は出しているが、ここは非合法の治療も引き受ける、いわば裏社会御用達のドクターである。

だから、ヤクザも来れば、国籍を持たない密入国者も病気や怪我の治療にやってくる。

当然、医療保険は利かないから、法外な治療費を取られることになる。

「肋骨三本。右足の大腿骨。ひどい折れ方だった。しかも折れた第三肋骨が肺に完全に刺さっておった。それだけじゃない。大量の内臓出血。ふつうの人間なら、その場で死んでおったな」

ヒゲじいが自分の長髯《ちょうぜん》をさすりながらそういった。

「あなたが運んできてくれたの？」

ミチルがうなずいた。「まったくどっちが〝守護者〟なんだか」

皮肉をいわれて彩乃は少し肩をすぼめてみせた。

彼女が寝ている病床のすぐ傍に、ミロが伏せていた。

大きく口を開けて欠伸をし、それから前肢をさかんに舐め始めた。気持ちよさそうに目を細めている。

強酸を滲出する触手をミロが咬んだとき、心配した。が、大丈夫だったようだ。

壁にかかったデジタル時計は午前六時五十分。まるひと晩、ここで眠っていたようだ。

「現場の様子はどうだった？」

「タクシーの残骸と運転手の死体。周囲に横倒しになったバイクが三台」

「屍鬼の痕跡はなかったのね」

ミチルは傍らの机に置いていた新聞をとって渡してくれた。ちょうど広げてあった社会面に、そのことが記事になっていた。

《港南市郊外の路上でタクシー運転手殺害される――》

現場には拳銃と散弾銃の薬莢が散乱し、車体には銃撃の痕が無数にあった。運転手の遺体は原型をとどめぬほどにひどく破壊されていて、死因は不明と記事にあった。

警察は現場に残されていた三台のバイクとの関連を捜査している。

「雑魚《ざこ》の屍鬼どもをけしかけておいて、その隙に私に反撃をしてきたのに……どうしてトドメを刺さずに消えてしまったんだろう」

彩乃がつぶやくのをミチルが見つめていた。

「どういうこと？」

問われたので昨夜の顛末を話した。

「ねえさんに撃たれたダメージが大きかったんじゃない」

「あと、ほんの一撃で私を殺せたはずよ」

「だとすれば、何らかの邪魔が入ったか、それとも……」

「だいいちどうして〝彼〟が港南市に？」

ミチルはかすかに眉根を寄せた。


彩乃が持っている新聞をとって、記事を食い入るように見つめる。そこには今朝早くに撮影されたと思しき現場写真があった。

大破したタクシーの周囲に警察関係者の姿がある。見物人らしい市民もまばらに写っていた。

「これを見て」

またミチルに差し出された。

現場に立っている一般人は数名。その中に小さな少女の姿。

焦げ茶のトレーナーにスカート。ニーソックス。小学六年ぐらいだろう。その白い横顔に彩乃はかすかな邪気を感じた。

「まさかこの子、あの北本真澄《きたもとますみ》――」

「あるいは三田村由香《みたむらゆか》」

双方は同一のものだ。もとは御影町の小学校に通う、孤独な少女だった。それが邪神の眷属《けんぞく》にとりこまれ、今は異形の者となっていた。

「あれからまるで歳をとっていない」

「それはねえさんも同じだ。ただし、彼女は闇の力を得ているんだ」

御影町が滅んだ直後、彩乃は一度だけ、この少女を見かけた。渋谷の雑踏の中だった。それから九年、まさかこんな場所に姿を現すとは。

「奴ら、何かを企んでいるのかしら」

「だとすると、狙われているのは、ぼくだね」

彩乃はうなずく。

だから、あいつはミチルが住んでいる港南市に向かったのだ。

彼は新聞をたたむと週刊誌を見せた。付箋《ふせん》を挟んでいたページを開くと、こういう見出しが目に飛び込んできた。

《横浜市内に怪現象多発⁉》

ざっと記事に目を通すと、ここ一カ月ばかり、市内のあちこちで異形の生物の目撃が多発しているという話題。

ホラー映画の新作の宣伝だろうというもっぱらの噂だが、その真偽は明らかではないと書かれている。

「やけに活発に動き出したみたいだね」

「ここで何をしようとしてるのかしら」

ミチルは彩乃を見つめたまま、だまってかぶりを振った。

咳払いが聞こえて、ふたりは振り返った。

白衣姿のヒゲじいこと富澤医師が立っていた。

「悪いがな。とっとと治療代を払ってもらえんかの」

「いくら？」と、彩乃が訊いた。

「二百万円」

「え？」

ミチルと声を合わせた。

「——のところを今日は特別にサービスして、一割負担ということにしとく」

またわざとらしく咳払いしながらヒゲじいがいう。

彩乃はミチルと目を合わせて笑った。

6

西島浩子はキッチンテーブルに向かって座り、不安な顔で時計を見上げていた。

午前七時半。

いつもなら、夫の直之が起き出して朝食を食べている時刻だ。

しかし二階の自室から出てくる気配もない。

子供たちが「ごちそうさま」といい、それぞれの部屋に戻り、やがてランドセルを背負って階段を下りてきた。

「行ってきます」

ふたりを外まで見送り、スクールバスの停留所に向かって元気よく走り出す後ろ姿に手を振り、また屋内に戻った。

キッチンに入って時計を見る。

午前七時五十分。いつもなら夫も職場に出かける時間だった。

浩子はエプロンを取り去ってたたむと、キッチンを出て廊下を歩いた。

二階への階段を登る。

直之の書斎のドアの前に立つ。

なぜ、こんなに緊張しているのだろう。浩子はそう思った。だって、自分の夫なのに。

でも、最近は何だか違う。あの人は自分の夫じゃないような気がする。

挙動が変わる。食の好みが変わる。それはまあ、人間だからたまにはあるだろう。

しかし、直之にかぎっていえば、もっと別の何かが根本から変わっているように思えるのだ。まるでまったくの別人になってしまったかのように。あるいは人間以外の――。

そんな莫迦なと何度も思った。

明るくて優しく、家族思いの夫だった。

それがいつからか、表情から笑みがすっかり消えて、無口になった。会社から戻るなり、自室にこもり、明け方まで夫婦の寝室にやってくることもない。

朝は朝で無表情のまま、食事を取り、あれだけ好きだったコーヒーすら飲むこともなく、だまって出かけてしまう。

休日は昼過ぎまで自室で眠り、午後になっていきなりステーキをリクエストしたりする。ベジタリアンを自称するほど野菜中心の食生活だったのに、今は肉ばかりだ。

会社で何かあったのかと訊ねても、だまって首を振る。

もしも病気だったらいけないから、医者にかかってみたらというと、背を向けてしまう。

最初は心配だった。それが次第に薄気味悪さになっていった。

深夜、ベッドの隣で寝ている直之が、明らかに日本語ではない、奇妙な言語のようなうわごとを口走っていた。

あるいは洗面所の鏡の前に立った夫が、それきり三十分、ずっと自分の顔を凝視していたこともある。

そして妻への暴力が始まった。

浩子は顔や手足の青痣を隠すため、化粧が濃くなった。外出もなるべくひかえるようになった。

決定的だったのはちょうど一週間前の夜中だ。寝室で寝ていて目を覚ますと、夫の部屋から奇妙な音が聞こえていた。

ギリギリ、ガリガリという不快な金属音のような。

そっと寝室を出て、夫の部屋のドアを叩いたが返事がない。仕方なくドアノブを回すと、あっけなくそれが開いた。

直之の部屋は異様に臭かった。生臭い、発酵臭のような異様な臭気だった。それに湿気が立ちこめていた。

窓際のスタンドの明かりの中で、机に向かう夫の後ろ姿がシルエットになっていた。

「あなた……」

声をかけると、夫がゆっくりと肩越しに振り向いた。

その顔一面にタコの足のような触手が生えて、それぞれがてんでの動作で蠢《うごめ》いていた。夫の顔に目はなく、いや、顔の真ん中に目のような黒い玉が光っていた。それが瞬きをした。

浩子は棒立ちになった。

心臓が喉許からせり上がってくるような気がして、ふっと気が遠のいた。

気がつくと、寝室のベッドで仰向けになっていた。

夢だったのか。

夫の変貌ぶりに心が迷い、あんな悪夢を見てしまったのか。

身を起こしてそう思った。しかし、あまりにも生々しい記憶だった。鮮明すぎるイメージだった。

ふと気づくと、ずいぶんと長い時間、夫の部屋のドアの前に立っていた。

浩子は踵を返した。

階段を下りようとして、また振り向いた。

物音がしたのではない。だが、何か、気配のようなものを感じた。

浩子は肩越しに振り向いたまま、じっとドアを凝視した。得体の知れない緊張感。気味悪さを通り越して恐怖のようなものが自分に憑いている。だが、確かめずにはいられない。

(だって、あの人は私の夫だもの……)

そっと近づき、ドアノブに手を延ばした。

鋼のように胸を打つ鼓動を意識しながら、それを回す。ドアを開いた。

あのときと同じ臭い。何かが腐ったような、発酵したような臭気が鼻腔を突いた。

部屋の窓にはカーテンがかかり、夫の姿は見えなかった。

ホッとしたのもつかの間、浩子は視線を移した。壁際の長椅子に青色の毛布が掛かっている。その中に何かがいる——いや、誰かがいるらしい。毛布が山のように盛り上がっていたからだ。

しかも、毛布は動いていた。

まるで毛布をすっぽりかぶった誰かが中で躰をくねらせているかのように見えた。

その毛布の下から水色のパジャマのふたつの足が見えた。裸足だった。

「あなた、ふざけてらっしゃるの?」

おそるおそる浩子が声をかけた。

すると、毛布の動きがピタリとやんだ。

浩子も口を閉ざした。

『こっちへ……来てくれないか……』

夫の声がした。ふだんよりずっとしゃがれていた。

「どうなさったの」

『ひどく……苦しいんだ』

「だったら、お医者さんにかからなきゃ。救急車を呼んだほうがいい?」

『いや。浩子。お前に来て欲しい』

二歩ばかり近づいた。毛布はまだ動かない。

さらに一歩。

毛布の盛り上がりがすぐそこにある。

そこから見える水色のパジャマと白い素足。

その十本の足の指が開いたり閉じたりしているのに気づいた。

それも、ひどくせわしなく。まるで何かに苛立っているような――あるいは、何かを欲しがっているような――。

「あなた」

また、声をかけた。

そのとたん、毛布がずるりと床に落ちた。

そこにいたのは人間ではなかった。

下半身はパジャマ姿だが、上半身は肉色をした植物のような物体だった。

複雑に表皮が折り込まれた楕円形の中に、赤と青の血管や筋が浮き出した異様な姿。何本、いや何十本という太い触手が互いに絡み合い、もつれ合っているのだとわかった。

そこにいくつもの孔が開いていた。

まるで銃弾で貫かれたように傷口が裂け、青い粘液のようなものがあふれて流れている。

「いったい、な――」

浩子の声はそこで途切れた。

ひとつの塊になっていた無数の触手の付け根に巨大な目が開いた。

充血した人間そのものの目が、禍々《まがまが》しい瞳が、浩子を見ていた。そこに強烈な感情があった。

飢餓であった。

もつれ合っていた触手が、ふいに花弁が開くように広がり、いっせいに伸びた。

それは一瞬にして立ちすくむ浩子の躰を包み込んでしまった。

7

瀬戸警視正の姪である峰岸久美の家は、市内中区の本牧山頂公園に近い閑静な住宅地にあった。

ブロック塀の向こうに植え込みがあり、白壁の二階建て。新築して間もない小さな家屋だった。その前に車を停めて、神谷は車外に出た。

しばしだまって久美の家を見上げる。

二階の部屋の窓に白いレースのカーテンがかかっていた。

それまで何度となく、ここを訪れた。

婚約は半年前。以来、家族ぐるみの付き合いがあった。久美の妹の佐智《さち》とも親しかったし、両親とはいっしょに買い物をしたこともある。

この家に招かれて夕食をとったのも一度や二度ではなかった。

なのに、どうしてだろう。この奇妙な違和感。

神谷は吐息を投げて、視線を下ろした。そのまま玄関に向かって歩いてゆく。

チャイムを押した。

ドアの向こうにかすかな足音がして、ノブが回る。

ドアがそっと開かれて、久美の母親の幸代《ゆきよ》が顔を覗かせた。神谷を見て不審な表情をしているので驚いた。

「どちらさまでしょうか?」

そういわれた。

言葉が出なかった。ここでそんなことをいわれるはずがない。

冗談とも思えなかった。

ドアを閉めようとするので、あわてていった。

「久美さんに会わせてください」

幸代の顔がさらに疑心に充ちたものになった。

「ぼくは神谷鷹志。久美さんの婚約者ですよ。ほら、こうして――」

左手の薬指にある婚約指輪を見せようとし、神谷は驚いた。常にはめていたそれが、忽然となくなっていたからだ。

そんな莫迦なと思った。今まで一度として外したことのないゴールドの指輪だった。

「うちに久美なんて人間はおりませんの」

そういわれて神谷はさらにショックを受けた。

「莫迦な。だって――」

詰め寄ろうとしたとたん、険悪な表情でこういわれた。

「変なことをおっしゃるようでしたら、警察を呼びますわよ!」

唐突にドアを閉じられた。

しばし立ち尽くしていた。

思い切り頬っ面をはたかれた気分だった。

ドアを叩いてみるべきかと思ったが、母親のさっきの険相を思い出し、やめた。

これは冗談でもなければ、嫌がらせでもない。本当に彼女は久美を知らない。いや、この家にはもともと久美という名の娘はいなかったのではないか。

神谷はもう一度、自分の左手を見つめた。薬指には指輪の痕すらなかった。

悄然《しょうぜん》と打ちひしがれたように背を向け、門外に出た。スチール製の郵便ポストのプレートに、峰岸家の家族の名が並んでいた。

《峰岸功一郎《こういちろう》　幸代　佐智》

そこにあるはずの峰岸久美の名がなかった。

茫然としたまま、神谷はしばし佇立していた。

ソアラを走らせていた。


県警本部にそろそろ戻らねばならない時間だが、その気になれなかった。

だから漫然と横浜の市街地を流した。

街のあちこちに幟《のぼり》がはためいている。

〈横浜開港記念祭　6月2日〉

この街で、毎年すっかり恒例となったイベントだった。あと一週間。それに向けて企業やボランティアたちが奔走している。

神奈川県警も警備態勢をととのえ、万事に当たらねばならない。つい先日の会議でも出た議事のひとつだった。

しかし、今の神谷にはそんなものはどうでもいい。

自分の存在そのものが危ぶまれていた。

今まで何のために生きてきたのだろう。そんなショックに打ちひしがれていた。

本牧の埠頭のひとつに入り、突端まで行った。そこで車を停めて、エンジンを切った。しばしハンドルに顔を埋めるようにして、じっとしていた。

やがて顔を上げた。

フロントガラスの向こうに、穏やかな春の海がうねっていた。

白い水鳥が何羽か、波間に浮かんで揺れている。水平線の彼方を貨物船の船影が横切っていた。

車のドアを開き、外に立った。

潮風が真正面から吹き寄せてきた。神谷はそれを受けながら、じっと海を見つめている。

いったい何が起こったのか。

考えれば考えるほどわからなくなる。

端緒は瀬戸警視正の言葉だった。

久美に二度と会うなという警告だった。婚約者の叔父がいうべき言葉ではなかった。だから、彼女の家に確かめにいったのだ。それが——。

久美はいったいどこにいるのだろうか。

そう思った。

左手の薬指を見る。

指輪をどこかに落としたのではない。それは——最初からなかったのだ。

久美という女性はそもそもが存在しなかった。だから、久美との婚約などもあり得ない。すべては自分の妄想だった。

「そんな莫迦なことがあるものか」

独りごちた。

久美の記憶。彼女の感触。

すべてがリアルだった。

彼女はちゃんと存在した。自分の婚約者として。

　ふと瀬戸のことを思い出した。

　二度と会うなと、彼はいった。ということは、瀬戸自身は久美という姪の存在を知っていることになる。だからそう警告したのだ。

　真相を知るためには、ふたたび瀬戸警視正と会うしかなかった。

　だが、彼のことを思うと、なぜか得体の知れない恐怖心がわき起こった。

　耳から流れていた血。

　あれはいったい何だったのだろうか。

　――近所の小学生どもが、〝屍鬼〟っていってました。屍に鬼って書くそうです。

　ふいに情報屋のラッツの声がよみがえってきた。

　屍鬼。


　ふいにそれが身近に感じられた。

　やはり、この街に何かが起ころうとしている。

　肩越しに振り返ると港湾の向こうに横浜の市街地が広がっていた。

　ホテルの高層ビル。歴史を背負った古い建物。みなとみらいの巨大な観覧車。

　まるで海に浮かぶ幻の都市のように見えた。

　視界が揺らいでいた。

　自分の人生は、もしかしたら幻なのではあるまいか。

　そしてこの大きな街そのものも――。

　神谷はそんな想像を振り払った。

　哀しみにうち沈んでいても仕方ない。だったらどうするべきか。

　歯を食いしばり、考えた。

　立ち向かうしかない。

自分は警察官だ。

たとえ職務の対象が人知を越えた存在だとしても、県警の捜査員であることには変わりない。何としても謎を解き明かしてやる。

眉間に深く皺を刻み、波間の向こうに揺れる横浜の街を凝視した。

ここは自分が生まれ育った街だ。いろいろな思い出が、あちこちに残っていた。

そんな町が変貌してゆく。それは許されないことだった。

神谷は決心した。車に引き返した。

ソアラのドアを開き、乗り込もうとしたとき、足許に白いものがあるのに気づいた。

埠頭の突堤。そのコンクリートの割れ目から、バラのように小さな棘がいくつもある草が生えていた。

真っ白な花が三つ。海の光を受けながら鮮やかな花弁を開き、海風にあおられて小刻みに揺れていた。

8

ボクシングジムだった部屋のベッドで、彩乃は二日ほど寝込んでいた。

立ち上がって歩いたのはトイレだけだ。そのたび、松葉杖を突いて行った。

ずっとその間、ミチルに頼りっきりだった。三度の食事、狼犬ミロの散歩やエサなど。彼は献身的に何でも引き受けてくれた。

その合間にちゃんと隣町の大学にも通って講義を受けている。

どっちが〝守護者〟なんだか。

そういって苦笑したミチルを脳裡に浮かべるたび、すまないと彩乃は思う。

ほんのちょっとした隙を突かれたかたちだったが、自分の経験不足が招いた失態での怪我だった。ああいうドジは二度と踏まないと固く誓った。


三日目の朝、自分でベッドから降りた。

躰はまだ本調子ではなく、痛みもとれていない。日常生活レベルのことは自分でやれたが、ミチルはずっと付き添っていてくれた。

五日目になって、すっかり元通りになった。

午前八時に目を覚ますと、ミロの姿はなく、ミチルがどこかに散歩に連れ出したのだと思われた。

テーブルの上に置いていたキャメルの箱から一本出して、くわえ、火を点けた。

五日ぶりの煙草は、ちっとも旨くなかった。ろくに吸わずに灰皿の中で揉み消した。

壁際の大きな姿見の前で自分を見た。

少しやつれていたが顔色は悪くない。

服を脱ぎ、下着姿になる。

手足の裂傷や擦り傷は完全に消えていた。黒いブラの下に手を当てると、折れた肋骨も癒合している。

右の大腿骨もしっかりくっついていた。

痛みはほとんどない。〝守護者〟としての身体能力が細胞を活性化させているのだ。

洗面台で顔を洗い、髪を手早くポニーテイルにまとめた。

躰がすっかり鈍っていた。

臙脂色のトレーナーの上下をまとい、フロアで少し腕立て伏せをした。

最初はゆっくりと慎重に、馴れてくると素早く。

次にトレーニング台に上って腹筋と背筋をくり返す。

それから全身のストレッチ。

軽く汗をかいたところで、ダンベルを両手で握って、自分の腕の筋肉の動きを見ながら上下運動をした。

鏡の前でシャドウボクシングをくり返した。

ボクシンググローブを両手にはめて、サンドバッグに向かってストレートパンチ、ジャブ、フック。

六十五キロのサンドバッグを吊るした鎖がギシギシと音を立てて揺れる。

腰をひねりながらの回し蹴り。振り向きざまの後ろ回し蹴り。さらに躰を空中で横一回転させての旋風脚《せんぷうきゃく》。

すさまじい打撃のパワーに革のサンドバッグがはち切れそうになる。

トレーニングをすべて終えると、姿見に向かって腹式呼吸を繰り返しながら、タオルで汗を拭う。

濡れたトレーナーを脱いで、迷彩柄のタンクトップとカーゴパンツに着替えると、銃器のクリーニングにかかった。

ショルダーホルスターに入れたままだったスプリングフィールド・アーモリーの拳銃を抜き、机の上で分解した。

バレルブッシングを回し、リコイルプラグを抜き、スライドストップを外してスライドを取り去る。

火薬燃焼による汚れがこびりついたままの銃身にブラシを通し、たんねんに火薬滓《かす》をこそぎ落とす。

ハンマーとトリガーの連動を確かめ、各作動部にていねいな注油をする。

スライドを組み込み、滑らかな動きを確かめると、次に使用したマガジンをすべて分解して清掃した。

拳銃のスライドを引ききったまま横たえると、サベージ社スティーブンス311Aを掴んだ。

たいていの水平二連の散弾銃は、銃身下のフォアストックにあるリリースレバーを作動させると、手早く三つに分解できるようになっている。

ふたつ並んだ十二ゲージの巨大な銃腔《じゅうこう》にブラシを通してクリーニングをし、機関部に注油をして元通りに組み立てた。

耳の傍で銃身を折って、内蔵されたふたつの撃鉄を起こし、コッキングの音を確かめる。

静かにトリガーを引いて撃発の滑らかさを確認する。

それを何度かくり返した。

タンクトップの上にビアンキの革製ショルダーホルスターをつけ、姿見に映る自分を見ながら、拳銃の抜き撃ちをくり返す。

空弾倉を落としざまに、脇の下から抜いた予備弾倉を銃把にたたき込み、スライドを閉鎖する動作を何度もやった。

西部劇のガンマンではないが、一秒どころか〇・一秒の遅れが命取りになる。彩乃の裏稼業では、それが起こりうる。

だからこうした練習は欠かせない。

銃器類を壁の隠し抽斗にしまい込むと、灰色のスウェットをはおり、部屋を出た。

コンクリの階段を下りてビルの外に出る。

ヨットハーバーから吹き寄せる風が潮の匂いを運んでくる。それを大きく吸い込み、目を閉じた。

ここは私の街だ。

信州に生まれたせいか、ずっと海にあこがれていた。

港町・横浜。ここは彩乃の第二の故郷といってもよかった。

ランニングを始めて間もなく、前からやってくるタスカングリーンのボディをしたフィアット・パンダに気づいた。

彩乃が足を停めると、すぐ横に停車して、降りた車窓からミチルが顔を覗かせた。

助手席には狼犬ミロがいて、長い舌を垂らしている。

「もう大丈夫なの、ねえさん？」

彩乃はうなずいた。

「今夜からまた戦闘再開よ。あんな無様なやられ方をしたままじゃ、私の沽券《こけん》に関わるからね」

ミチルがドアを開け、外に立った。

ジーンズに白の長袖シャツ。相変わらずひょろりと痩せた体躯だが、ひ弱なイメージではない。

「これを見て」

スマートフォンを差し出された。

液晶画面に画像が映っている。彩乃が驚く。

どこかの道路の歩道。ひび割れたコンクリの割れ目から、バラのような植物が生えて純白の花を咲かせている。

ミチルが画面をスワイプさせる。公園のブランコの傍、地面からそれと同じような植物が花を開かせている。

三枚目は背景にマリンタワーが映っていた。坂道の路肩――〈横浜開港記念祭　6月2日〉と書かれた赤い旗の下に、やはり白い花が開いている。

「ザイトル・クァエだわ……いつの間に？」

彩乃がつぶやくのをミチルが見つめていた。

ハッと彼に目を向けた。

「まさか奴ら、この横浜を？」

「そう」彼がうなずいた。「きっとあの御影町と同じように、〈ゾーン〉に取り込むつもりなんだ」

最近の屍鬼どものおかしな動きは、そういうことだったのか。

「目的は邪神の復活だろうか」

「きっとそうよ。ザイクロトル星からやってきた死の植物が、街のあちこちに姿を見せ始めたのはそのため。でも、御影町のときとは規模がまるで違う。もし、横浜全体を魔界にするのなら、もっと大きな存在を復活させるつもりなのかも」

「大きな存在？」

「旧支配者はあの植物だけじゃないわ。おぞましい姿をした邪神がいっぱいいる」

ミチルは昏い顔でうなずいた。「ラヴクラフトの小説に出てくる奴らだね」

「そう。そのためには、あなたが邪魔なはず。〝発現者〟が存在するかぎり、邪神の復活はあり得ない。だから、きっとミチルを狙ってくる。それに奴らは〝儀式〟のため、あなたのような力を持った人間を生け贄にする必要がある」

「でも、今のところぼくの周辺に奴らの気配はないよ」

「あなたはかつての少年じゃなく、成長して、力も強大になってる。だから、屍鬼たちもおいそれと手出しはできないわ。そのかわり、あなたを街ぐるみ消滅させてしまうつもりなのかも」

「ぼくはどうすれば？　港南市や横浜から遠いところに行ったほうがいい？」

「敵はあなたがどこにいても付け狙ってくる。だから、私の傍にいるのがいちばん安全よ」

「わかった。だったら、しばらくねえさんのところにいさせてもらうよ」

「すぐに引っ越してこられる？」

「明日、大学でどうしても受けたい講義があるんだ。それが終わったら、すぐに戻ってくる」

「あなたひとりで大丈夫？」

　ミチルはうなずく。

「自分の身は自分で守れるよ。ぼくはもう子供じゃない」

　睫毛の長い涼やかな彼の目を見て、彩乃が笑みを浮かべた。

9

　この五日間は、神谷にとって苦悩の日々だった。

　婚約者の女性の消滅。

　そう、文字通り、消滅したのである。

　彼女の痕跡を必死になって捜し求めたが、まったく見つからなかった。挙げ句の果て、自分の頭がどうかしてしまったのではないかと思うに至った。

だが、その想像を打ち消した。

久美と出会い、愛し合った日々。あれが夢や幻であるはずがない。

消えたのは峰岸久美だけではなかった。

あのとき、「久美とはもう二度と会うな」といった瀬戸孝一警視正も、あれから姿を消した。

神奈川県警本部からいなくなったばかりか、その存在そのものが消滅してしまっていた。

瀬戸が座っていた捜査一課のデスクには、〈課長〉のプレートの向こうに白木《しらき》道治《みちはる》警視正が座っていた。

もともと白木は捜査二課の課長だったはずだ。

しかし最初からそうであったかのように、白木警視正は忙しげにいくつかの捜査会議を指揮していた。

他の課員たちも、それが当然のように白木と会話をし、挨拶を交わしていた。

久美と同じように、瀬戸警視正もまた、この世界から消滅してしまったのだ。

いったい何が原因でこんな奇怪な現象が起こるのだろうか。

神谷はその謎を突き止めたかったが、真相を知るすべがまったくなかった。

ひとりの警察官として自分の無能を、これほど味わったことはなかった。

今朝の会議の議事は、数日後に迫った〈横浜開港記念祭〉の警備について。

各課員や幹部たちが話し合っている声も、神谷の耳にはほとんど入って来ない。

長い会議が終わり、解散となると、会議室の警察官たちがいっせいに立ち上がる。

ふいに後ろから肩を叩かれた。

振り返ると捜査課の木島だった。よく磨かれたメタルフレームの眼鏡が光っている。

「どうした、神谷。最近、どうも浮かない様子だが、今朝はとくにひどいな。まるで幽霊でも見たような青い顔をしてるぞ」

幽霊か――。

フッと神谷は笑った。幽霊ならまだましな気がする。

相手はもっと正体不明の存在なのだ。

「木島よ、ひょっとしてこんな噂を耳にしたことがないか。闇のハンターの話」

「何だ、それ」

「この街には化け物とか妖怪みたいなものがひしめいていて、ひそかにそれを狩り出す人間がいるっていうんだ」

「そいつはアニメかゲームの話だろ」

そういって眼鏡を指先で押し上げ、また肩を叩いてきた。

「そんなことを口にするんだから、よっぽど疲れてるんだな。それより、午後から港南署で例の銃撃事件の捜査会議だ。その前にまた現場に足を運んでおきたいんだが、お前もつきあわないか？」

「ああ」

力なく返事をすると、木島が笑った。

「十一時に本部を出るから、支度《したく》をしておけ」

そういって背を向け、会議室を出て行った。

捜査車輛を停めて、木島に続いて神谷も外に出た。

現場はあらかた片付けられ、立入禁止の黄色のテープも取っ払われていた。が、路面に残った焦げ痕や血のような染みはまだ目立っていた。散乱していた拳銃と散弾銃の空薬莢が落ちていたところに、白いチョークで丸が描かれたままだ。

銃弾はタクシーの車体や付近の草叢から多数、発見され、鑑識によって採取された。

港南市の街外れに延びるこの県道で、五日前の深夜に事件が起こった。

タクシーが何者かに銃撃され、大破。近くの路上に個人タクシーの運転手である横浜市神奈川区の古谷野忠雄《こやのただお》、五十歳の遺体があった。そしてカワサキのバイクが三台、まるで事故でもあったかのように、あちこちで横倒しになってうち捨てられていた。

銃弾はバイクの車体にも何発かが食い込んでいたという。

バイクのナンバーから持ち主を洗うと、それぞれ横浜市内の工務店や港湾関係で働いている若者たちで、いずれも〈デヴィルス〉という暴走族のメンバーと判明した。

が、本人たちの行方がまったくつかめずにいた。家族の話だと、五日前からずっと家に帰らないのだという。

捜査本部は港南署に置かれていたが、捜査員たちはこの五日の間、何度もこの現場に足を運んでいた。

古谷野運転手は三年前に妻と離婚し、子供もなく、独身。当日の動向がなかなかつかめずにいた。

〈デヴィルス〉の若者たちに関しては港町署の刑事たちが当たっている。暴走族の他のメンバーも、なぜか今は所在がわからないという。

「落ちていた空薬莢から、拳銃は・四五口径。散弾はダブルオー・バックという鹿撃ち弾とわかった。拳銃弾は何と二十四発も発砲されていたらしい。いったい、何を撃ちやがったのかな」

顎の下に掌を当てながら木島がいう。

「拳銃の旋条痕《せんじょう》は？」

「科捜研からの報告で、前科《マエ》はなしだった。だが、妙なことがわかったんだ。タクシーの車体から採取された散弾は、鉛やスチールじゃなく、銀でできていた」

「銀……」

「それだけじゃなく、拳銃弾もホローポイントと呼ばれる形状の弾頭だが、先端に銀が詰められていたらしい。いったい何のために、そんな手間のかかったものを使ってやがんだろうな」

神谷は黙って立っていた。

銀といえば、古来から魔除けに使われると聞いたことがある。

いやでも闇のハンターの噂が心に甦《よみがえ》る。

「運転手の死因は銃撃によるものじゃないそうだな」

木島がうなずいた。

「直接の死因は窒息死だった。太いロープみたいなもので首を絞められていたようだ。だが、それにしては、躰がズタズタだった。刃物か何かでめった斬りにされたみたいにな」

「発砲した人間は運転手に向かって撃ったわけじゃないと思う」

木島は神谷に向き直った。

「弾丸が当たらなかっただけじゃないのか」

神谷は路面に描かれた白いチョークのマークを見ながらいった。

「発砲は二方向と推測される。タクシーに向かって撃ち、それから背後にも撃っている。どっちが先かはわからないが、タクシーに乗っていた誰かと、バイクのライダーたちが標的だ」

「だったらライダーの死体は？」

神谷は眉根を寄せながら首を振った。

「お前の好きなオカルトじみた事件じゃないか。え？」

木島に笑われたが、彼は何も返せずにいた。

そのとき、携帯が鳴った。木島のポケットの中だった。

スマートフォンを取り出し、耳に当てた。

「うん。そうだ。わかった」

通話を終えて、彼は神谷に向かっていった。

「路面にある血痕の鑑定が終わった。DNA解析の結果、血液は女性のものである確率が高いそうだ。年齢は不明らしいがな」

「女性か」

路面に残っている焦げ茶の染みを神谷は凝視した。

「ただし、血液型が不明だ」

そういった木島を振り返る。「莫迦な。素人でも分かる検査じゃないか」

「それがどの血液型にも当てはまらなかったんだそうだ。まったくもって宇宙人じゃあるまいし。だが、これだけの大量出血だ。ただじゃすまないだろうさ」

彼の顔を見つめていた神谷は、また血痕と白いチョークの痕が残る路面に目を戻す。

「血液型が不明の女、か」

そう、つぶやいたとたん、近くの疎林の葉叢《はむら》を鳴らして風が吹いてきた。

神谷は目を細めながら、遠くを見つめた。

10

港町署の刑事、成田と山西は車を福富町方面に向けていた。

クラウンの運転席でステアリングを握る山西。助手席の成田はいつものように自分の肩をゲンノウでトントンやっている。

しつこい肩こりは相変わらずだ。

前方の信号が赤になり、山西がブレーキを踏む。

横断歩道を大勢の人々が行き交っている。

その足許、車道の中央ライン付近に、白い花を咲かせた植物が、路面の亀裂から生えているのに成田が気づいた。

春風を受けて小刻みに花と葉を揺らしていた。

「あんなところに花が？」

「あれじゃ、そのうち車に踏まれちまいますね」

山西がさして興味なさげに答えた。

その白い花の向こう、ずっと延びる街路の歩道に沿って、赤い旗が立ち並んでいる。

「開港記念祭まであと三日か。おかげで街がやけにせわしなく感じられるわなあ」

「今年はずいぶんと大きなイベントにするそうですよ」

「なんでも、ミス横浜を選ぶそうじゃねえか」

「成田さんもいいかたが古いっすねえ。〈みなとクイーン〉っていうんですよ」

「ミスでもクイーンでも、どうでもいいじゃねえか。どうせ、ちゃらちゃらしたネエチャンが選ばれたりするんだろう。なんにしろ俺たちには関係ねえ世界だわな」

「いっしょにせんで下さいよ。俺、まだ独身なんすから」

それを聞いて成田がカッカと笑った。

信号が変わって山西が車を出す。

福富町から都橋に入ると、複雑に込み入った狭い路地に乗り入れた。

〈富澤医院〉の看板を見つけて、その前に駐車する。

昭和の中頃からずっと建っている平屋の建物だった。

背の低いブロック塀に囲まれ、あちこち、ひび割れた壁に無数の蔦が這っている。ガラス窓は埃だらけでスモークのようだ。

正面玄関の脇には診察時間を記したプレートが貼ってあるが、錆だらけでほとんど読めない。

成田たちはドアの横にあるインターフォンのボタンを押した。これだけは真新しく、小さなカメラがとりつけられていた。

しばし間があって、陰気な女の声がした。

——どなた？

成田は鼻を鳴らして、インターフォンのカメラに向かって警察手帳をかざしてみせる。

「毎度、港町署の成田だ」

やがてドアが開き、白衣の中年女性が訝しげな顔を見せた。目尻に皺が多く、鶴のように痩せ細った首をしていた。疑心に充ちた目をしている。

「あんた、本当に警察？」

「おうよ。先生とは馴染みでな」

——入れてやれ。

奥から年配の男の声がした。

白衣の女性は訝しげな顔をしたまま、成田たちを中に入れた。

待合室のソファに、白い長髯を生やした白衣の医師が座っていた。傍らにスキットルがあって、強烈な酒の臭いがしている。

「成田のおやっさん。久しぶりだね」

ヒゲじいこと富澤医師が笑みを浮かべていった。「今日はどういう用件だ」

成田はひとつ前の長椅子に座って、脚を組み、振り返るかたちで富澤に声をかけた。

「五日前に港南市で銃撃事件があった。被疑者の女が負傷して大量出血してる」

県警本部の神谷から連絡を受けたばかりだった。

だから、成田は心当たりがあると、ここにやってきたのである。

「儂《わし》と何の関係が？」

すると成田が薄い唇を吊り上げてニヤリと笑った。

「ここらで闇医者ってったら、あんたんとこしかないだろう」

「何のことやら」

知らん顔でスキットルをあおる長髯の医師に、成田がいった。

「いくらだ」

傍に立っていた山西が血相を変えた。「おやっさん、警官が賄賂《わいろ》はダメっしょ？」

成田はそれを無視する。

「一枚でいいかね」

「あと少しだな」

そっぽを向いて富澤医師がいう。

「一枚半」

「もう、ひと踏ん張り」

「二枚か……仕方ない」

財布から万札を出した。ヒゲじいがそれをさっとかすめるように奪った。

あっという間に白衣のどこかのポケットにしまってしまう。

成田が訊いた。「女は来たのか」

「来たよ。肋骨と大腿骨を折ってた。あと、内臓出血。だいぶ吐血しとったの」

「正体は？」

「本牧埠頭の探偵だ。深町彩乃」

しれっとして答えるヒゲじい。その襟首を思わず掴んで、成田がいった。

「本当だな。嘘じゃねえだろな」

「医者が嘘をついてどうする」

襟首を離したとたん、今度は山西が突っかかった。

「おい。警察なめんじゃねえぞ。マジにあの女なんだな？」

「嘘はいわんといっとるだろう」

山西はヒートアップのあまり白目を剥いている。

「あの跳ねっ返りのくそったれ女探偵がッ！」

「落ち着けよ、ヤマちゃん」

成田になだめられて、ようやく我に返った山西。しかしまだ息が荒い。

「しかし、肋骨に大腿骨、大量の内臓出血とは重傷だな。生きてるとしても、ま、当分は表に出てこれんだろう」

「あいつは特別だよ。医療の常識がまったく通じん女だ」

「県警の話だと血液型がまるきり不明だったそ

うだが、本当なのか？」

「適当な輸血でピンピンしとったわ」

成田に向かってそういった。相変わらずしれっとしている。

「どういうことだ」

「つまり、まあ、人間じゃないってことだろうな。今頃はもうふつうに歩いとるよ」

「詳しくいってくれんか、あ？」

成田がまた襟首を掴んだ。

11

彩乃の運転するフィアット・パンダでミチルは港南市へ戻った。

ミチルは助手席に、ミロは仕方なく後部シートに追いやられている。おかげでどこか不機嫌な表情で、長い舌を垂らしている。

海沿いの国道を西に向かうと、巨大な白いジェットコースターが見えてくる。

街のシンボルともいえる〈横浜マリンランド〉である。

ベイエリアと呼ばれる双葉町《ふたば》にあり、敷地面積が五十万平方メートルという本格的なアミューズメントパークだ。

一直線の道路を走るにつれ、その白亜の構造物がだんだんと近づいてくる。

「ひとつ解《げ》せないことがあるの」

ステアリングを握りながら彩乃がいった。

「奴らがあなたを狙っているなら、どうして横浜じゃなく、この港南市を魔界に取り込まないのか。そりゃ、御影町よりもずっと大きな街だけど、少なくとも横浜みたいな本格的な都会じゃないし、そのぶん手間もかからない」

「ぼくもそのことを考えてた」

「横浜そのものを歴史から消滅させたら、もしそれが可能だとしても、大きな時間のズレができてしまうし、あちこちいろんなところで矛盾が起こるでしょうね。その結果、いったいどんな現象が起きるか想像もつかない」

「でも、奴らにぼくらの常識は通じない。何が起こっても対処できるように手を尽くすべきだ」

ミチルがそういったとき、ポケットの中で携帯が震えた。

スマートフォンの画面に〈新宮さやか〉と表示されている。すぐに耳に当てた。

「もしもし、藤木です」

——ミチルさん。実はあなたのマンションの近くに来ているの。もし、よければ……。

「今、出先なんだけど、これから戻るところなんだ。あと十分ぐらいかかると思う」

——エントランスのところで待ってます。

「うん。ごめん」

通話を切った。

「彼女でもできたの？」

通話の声が洩れていたらしい。彩乃に問われて、ミチルは一瞬、迷った。

「同じ大学で知り合ったんだ。ちょうど良かった。ねえさんにも会わせたいと思ってたし」

「何いってんの。前にもいったけど、私はあなたの保護者じゃない。だから、好きな人ができたら好きにつきあえば？」

ミチルはうなずいた。

「ただし、相手の正体をよく確認すること。奴らはどんな姿にもなれるから」

「それは大丈夫。もし連中だったら、ぼくにもすぐにわかるよ」

彩乃はウインカーを出し、国道から山側に続く枝道に車を入れた。

住宅地をしばらく走り、やがてミチルの住むマンションが見えてきた。

六階建ての新築で、一階にコンビニのテナントが入っている。そのエントランスの近くに新宮さやかが小さなポシェットを肩にかけて立っていた。

プリント柄のタンクトップの上に薄緑のプルオーバーをまとい、すらりと足にフィットしたデニムを穿《は》いている。

その姿を見たとたん、彩乃はブレーキを踏んだ。

「どうしたの」

しかし彼女は応えず、フロントガラス越しにさやかを凝視している。

眠たげに車体を震わすアイドリングの中、ミチルが不安になって訊いた。

「まさか……？」

「違うわ」

彩乃が小さく首を振った。「屍鬼や奴らの仲間じゃない」

その証拠に狼犬ミロもまったくの無反応だ。

「だったら、どうして？」

「むしろ、逆。あの娘は……」

彩乃はミチルを見て、いった。「あなたの同類よ」

一瞬、声を失った。

「さやかが〝発現者〟だっていうのか」

目を細め、彩乃に向かっていった。「だったら、どうしてぼくに察知できなかったんだ」

「〝発現者〟同士は互いに感知できない。それがわかるのは私たち〝守護者〟だけ。でも、彼女にも〝守護者〟がいるはずよ。どこか近くであの子を守っているはず」

ミチルはショックを受けたまま、茫然としていた。

もしかすると、お互いが惹かれ合ったのはそのせいなのかもしれない。

今にして思えば、さやかがまとっていた不思議な雰囲気は、まさにそれだったのだろう。

「紹介して。ちょっと話をしてみたい」

彩乃の声に我に返った。

彼女が静かに車を進めた。

さやかが振り返った。

車窓越しに中にいるミチルを見つけたらしく、屈託のない笑顔で手を振ってくる。

彩乃はその前を通り過ぎ、マンションの傍にある駐車場にフィアットを入れた。

「ミロ。ちょっと待ってて」

相変わらず不服そうな狼犬を車内に残し、彩乃が車外に出た。

ミチルも助手席のドアを開く。

マンションの前に立っているさやかが、彩乃を見て驚いた顔をした。

すらりとしたモデル体型で、すこぶるつきの美女がミチルとともにいる。そのことに動揺しているようだ。

「深町彩乃。ぼくのねえさんだ」

「え。お姉さん？」

「ちょっと事情があって名字が違うけどね」

そう紹介すると、ようやく疑念が晴れたらしい。

目をしばたたき、頭を下げた。

「初めまして。新宮さやかといいます」

「よろしく」

彩乃が差し出した手を、彼女は怖《お》じ怖じとした様子で握り返した。

頬が桜色に染まっている。

ミチルの部屋で三人が談笑した。

さやかはすぐに彩乃に馴れて、よくしゃべった。人知を超越した経験をし、さまざまな修羅場をくぐり抜けてきた彩乃は、独特の凄気《せいき》を放っている。

それがさやかを惹きつけたらしい。

ミチルはキッチンでコーヒーを淹れ、居間にいるふたりのところに戻ってきた。

むろん、ミチルの正体については、いっさい口にしない。一方で新宮さやかがミチルと同じ〝発現者〟であることについても、彩乃は探りを入れようとしなかった。自分にはそのことが〝事実〟としてわかっているからだ。

そして驚いたことに、さやかは自身がそんな存在であることを認識していないようだった。

〝発現者〟はその対極にある邪な存在から狙われることが多い。

そのため、いやでも自分の中に秘められた〝力〟に気づき、それを使って我が身を守ることになる。

しかし、これまでさやかは一度たりとも屍鬼やその仲間たちに付け狙われたことがない。

山手町にあるという彼女の家で両親と暮らし、いたってふつうの中産階級の家族のようだ。

そして彩乃にとって何よりも奇異なのは、〝発現者〟の傍に必ずといっているはずの〝守護者〟——さやかを守るべき存在がない。

その気配をまったく感じないということだった。

つまり、さやかは〝発現者〟としての存在が希薄であるがゆえ、ミチルのように屍鬼たちに狙われることもなく、それがゆえに〝守護者〟もいないということなのか。

だとすると、うかつにミチルと接近することは、彼女もまたその存在を敵に悟られる畏れがあるのではないか。

そう考えて、彩乃は悩んだ。

「彩乃さんのお仕事は何ですか」

コーヒーを少し飲みながらさやかが訊いてきた。

「探偵よ。本牧のヨットハーバー近くに事務所兼住居があるの」

「本物の探偵さんにお会いするのって、初めてです」

相変わらず紅潮した顔でさやかがいった。「しかも、こんなにきれいな女の人だなんて」

「あなたのほうが美人よ。女優やタレントのスカウトがあちこちから来ない？」

さやかはうなずいた。

「いつも興味ないって断ってるんです」

ミチルといれば、まさに美男美女の典型といえる。ふたりが歩けば、さぞかし街じゅうの注目を集めることだろう。

しかもふたりはお似合いのカップルだった。パーフェクトなまでに。

さやかが腕時計を見た。

「すっかり長居してしまいました。そろそろおいとましますね」

肩を持ち上げていうさやかに、彩乃が微笑んだ。

「いいのよ。ここにいたら？　ふたりきりになるつもりだったんでしょう」

とたんにまたさやかが頬を染めた。

「でも、また来ます。夕方までに戻るって親にいってあるし」

彩乃はミチルを見た。さやかの隣に座る彼が小さくうなずく。

「私も横浜に戻るから、車で送ってあげる」

「いいんですか？」

「犬、嫌いじゃない？　車に大きな狼犬がいるのよ」

するとさやかが笑う。

「犬も狼も大好きなんです。名前は？」

「ミロドラゴビッチ。長いから、略してミロって呼んでる」

「会いたいです」

「ＯＫ。行こうか」

彩乃が立ち上がった。

12

〈CJ's BAR〉のネオンサインが灯るには、まだ早い時刻だった。

店の二階には〈深町探偵事務所〉の看板がかかっている。

ブラインドの閉じられた窓。人の気配はまったくない。

深町彩乃は留守のようだった。

店から少し離れた突堤に沿った場所に停車させたクラウンの中で、成田と山西は煙草を吸っていた。

下ろした車窓から入ってくる海風が心地よかった。

「ヒゲじいの言葉、マジに思えないんですがね」

「そうかね」

「あの女探偵がふつうの人間じゃないって、でたらめでしょう？　嘘に決まってまさ」

車窓に肘をかけたまま、山西がいう。

「富澤って医者、あんな老いぼれで、しかも酒乱だ。こそこそとヤクザ相手に闇医者なんかやってんだから、とっととパクっちまえばいいんですよ」

「あれはあれでいい情報源だ。泳がしておくほうが得策ってもんだぜ、あ？」

助手席側の窓にもたれて、くわえ煙草を揺らしつつ、成田がいう。

「だがよ、ヤマちゃん。たしかに最近、この街は変だぜ。化け物がどうたらってんじゃないが、何ちゅうか、そこらの空気が変わったような気がするんだよ。そうは思わんか」

「俺は何にも感じませんぜ」

「けっ。鈍い奴だ。だから、万年平刑事なんだよ」

「成田さんだって、もう何十年と出世に縁遠いじゃないですか」

「警部まで来たんだから、もういいんだよ。どうせたたき上げのノンキャリアだ。これ以上の望みはいらんさ。この街で警官やってて、いろんなことがあったがな。あとは引退まで平穏に過ごしたいだけのことだ」

そういって、ちらりと向き直る。「お前だってずいぶんこの街が長いじゃないか」

山西は彼をチラ見してから、また前方に目を戻し、煙草を吹かした。

店の扉がふいに開き、ジーンズに白いTシャツの店主が看板を外に運び出してきた。ジャック・シュナイダーという白人男性。もう七十になるというが、そうは見えない。Tシャツの腕は常人の太股ほどあってたくましい。

看板に明かりを灯し、白人の店主はまた店の中に姿を消した。

ほどなく入り口の上にある赤と青のネオンが煌々《こうこう》と灯った。その光が夕闇が迫るハーバーに淡く滲んでいる。

鼻につくほどバタ臭い店だが、そんな佇まいがこの横浜《ハマ》の空気にはやけに馴染んでいる。

というか、こういう昔懐かしい、古い雰囲気の飲み屋がどんどんこの街から消えていった。

赤煉瓦《れんが》の倉庫街も、馬車道も、今じゃすっかりきらびやかな観光スポットだ。

福富町や都橋辺りのデンジャーゾーンも、近頃はファッショナブルな若者たちが練り歩いている。のみならず、そこかしこで喧《かまびす》しいばかりに聞こえるアジア圏の外国語。

昔は良かったなんていいたかないが、しかし古き良き港町の空気がもっと濃かった頃の横浜を、成田はたしかに愛していた。

ヤバイこともずいぶんとあった。しかし、人情も厚かった。

あの女探偵は、よそから流れて来たくせに、そんな空気を自然と身にまとっていた。この街によく馴染んでいた。

だから、ずっと気にかけていたのだ。

「おやっさん」

山西にいわれて、我に返った。

重低音のような排気音。

ハッと振り返ると、路駐している彼らのクラウンをかすめるように、青い扁平《へんぺい》なスポーツ車が後ろから追い抜いていった。

ＢＭＷのクーペだった。

それは〈CJ's BAR〉の横にある駐車場に入ると、尾灯を赤く光らせ、停車した。

ドアが開き、黒のハーフコートにジーンズ。灰色のハンチングを目深にかぶった若い娘が下り立った。

深町彩乃ではなかった。

「店の歌手ですぜ」

山西がいった。

成田も知っていた。

黒沢恵理香。あの店でピアノの弾き語りをやる女だ。

市内の他の店でもライヴをやる。

成田は何度か彼女のピアノと歌を聴いたことがあった。

どうやら深町彩乃とは古い知り合いのようだが、彩乃以上に謎めいた雰囲気を持っていた。

恵理香は〈CJ's BAR〉の扉の前で、なぜか周囲を見渡し、それから吸い込まれるように店内へと消えた。

13

横浜市内の根岸に入ると同時に、バックミラーに数台のバイクが映った。

彩乃はちらとそれを見てから、すぐに目を戻した。後部シートにいる狼犬ミロが、低く唸った。

バイクがさらに数台、脇道から現れて合流した。全部で八台。

むやみにエンジンを吹かしたり、うしろからあおってくるわけではない。

しかし殺気を感じた。

前に倒した三名のライダーと同じ、揃いの革ジャン姿だった。いずれもフルフェイスのヘルメットをかぶっているのでわからないが、中身はおそらく人間の顔ではないだろう。

きっとどこかでいっせいにかかってくるつもりだ。

「まずいことにあなたを巻き込んじゃったわね」

助手席のさやかが驚いて彩乃の顔を見つめた。

そして、後ろのバイク集団に気づいた。

対向車の妨害になるにもかかわらず、右に左に蛇行しながら後ろから挑発している。

「あの人たち、暴走族ですか？」

「そのようね。ただし、ちょっと特殊な連中だけど」

一台がエンジン音、高らかに加速してきた。

右側車線を背後から追い上げてきて、ハンドルから離した左手をまっすぐ車に向けた。

と、――

その手が鞭のように長く伸びて、フィアットの運転席のドアハンドルを掴んだ。むろん、しっかりロックがかかっているため、ドアは動きもしない。

すると今度はその手がサイドウインドウに張り付いた。

粘液の痕が車窓に残ったかと思うと、拳でガラスを壊そうと何度か執拗《しつよう》に叩いてきた。

彩乃はアクセルを踏み込んだ。

「二百六十万もした新車に気安く触れるんじゃないよ、化け物！」

前方の左カーブぎりぎりまで直進して、ここぞというところでステアリングを左に切る。

フィアットの右側を併走していたバイクが、そのままガードレールに激突し、ライダーが宙に舞った。

そのまま三階建ての古いビルのコンクリ壁面に叩きつけられる。

背後のバイク集団が追撃をしてきた。

「こんな市街地で派手なチェイスはまずいな」

ミラーを見ながら彩乃がいう。

「さやかさん、しっかり捉まってて」

助手席の彼女は蒼白な顔である。

最前のライダーの伸びた左手を見て、彼らが人間ではないらしいと悟ったようだ。

彩乃は車を右折させた。

そのまま真北に向かう。が、しばし人家は途切れない。

ふと、脳裡に閃いた。

奴らを迎え撃つのにいい場所がある。

黄色のジャケットの下、ショルダーホルスターには拳銃が入っている。が、今回はショットガンがない。

大勢の屍鬼を相手に劣勢だった。

しかも、助手席の新宮さやかのことも気がかりだった。

彼女が〝発現者〟であることを奴らが知ったら、たいへんなことになる。

どうするか。

しばし考えてから、決断した。

14

「恵理香。早いじゃないか。ライヴは八時からだ」

カウンターの向こうでグラスを拭きながら、〈CJ's BAR〉のタフな店主、ジャック・シュナイダーがいった。

「店が開く前に、新しいレパートリーを練習しておきたいの」

恵理香が扉を閉めて答えた。

開店前の店は照明を落としていて薄暗い。カウンター周りだけ、明かりが点っている。

彼女は店主に向かって微笑み、店の奥まで歩いて行くと、ハンチングを脱ぎ、上着を壁際の椅子にかけた。

ステージのスポット照明のスイッチを入れると、スタンウェイのグランドピアノの掛け布をそっと取り去った。

ピアノに向かって座り、しなやかな指で鍵盤《けんばん》を叩いた。

ジャックがイントロを聴いて、短く口笛を吹く。

「エラ・フィッツジェラルド！」

いわれて恵理香が微笑んだ。

ピアノのメロディに乗せて、軽く口ずさんだ。

曲の名は〈マック・ザ・ナイフ〉。

もとはドイツのブレヒトの戯曲〈三文オペラ〉の中で唄われた古い歌で、タイトルは〈メッキー・メッサーのモリタート〉。これが英語になってジャズのスタンダードナンバーとなり、ルイ・アームストロングやエラ・フィッツジェラルドが唄った。

　殺人鬼を唄った陰惨な歌詞とは裏腹に、アップテンポで耳に馴染みやすい曲だった。

　恵理香は肩を揺らし、自ら音に乗りながらピアノを弾き、わざと少しハスキーな声で唄った。

　曲が終了し、店内が静まる。

　彼女が鍵盤から指を離すと同時に、カウンターの中から出てきたジャックが、拍手と口笛で声援を送ってきた。

　それを見て、恵理香がまた微笑んだ。

　立ち上がって片手を下ろしながらお辞儀《じぎ》をする。

「今夜のライヴは客たちがかなりノってくれるな」


　ジャックが満足げにいったとき、恵理香のジーンズのポケットの中で携帯が震えた。

　スマートフォンを取り出すと、発信は深町彩乃だった。

「どうしたの？」

　耳に当てていった。

　――奴らに追われてる。バイクに乗った暴走族風の屍鬼どもよ。

「場所は？」

　――根岸の森林公園近く。このまま米軍施設跡地まで引っ張っていく。

「わかった。バックアップする」

　――大丈夫？

　恵理香は腕時計を見た。

「十五分で行くわ」

　ジャックがカウンターの中に戻った。

バックヤードの棚を一部スライドさせる。

壁の隠しスペースにかけられた無数の銃器類が、照明の中で怪しく黒光りして並んでいる。

散弾銃からハンティング用ライフル、フルオートマチックの短機関銃からアサルトライフルまで、銃架にずらりと並んで立ててある。

「どれ？」

「レミントンＭ７００」

「どの口径にする？」

「・三〇八ウインチェスターマグナム。二十インチ、ブルバレルのを貸して」

「銃身が短いぞ」

「長距離狙撃じゃないし、取り回しが利くほうがいいの」

恵理香がいうと、彼はいくつか架かっていた長モノの銃の中から、スタンダードなフォルムのボルトアクションライフルを掴み、後ろにいる恵理香に渡した。

ストックはケブラー＆グラスファイバーのシンセティック。

ノーベルアームズ社の3×12倍、ＴＡＣ ＯＮＥスコープが頑丈に装着され、十字照準はミルドット・レティクル。

前後のレンズにはそれぞれバトラーキャップが取り付けられ、閉鎖されている。

恵理香は手馴れた仕種《しぐさ》でハンドルを起こして、ボルトをめいっぱい後ろまで引く。スコープの下に、空の薬室と固定式弾倉が露出した。

ジャックから渡された・三〇八口径の弾丸を受け取る。

ボトルネックといって先がくびれた真鍮の薬莢に凶悪な形状のライフル弾頭がついている。

先端部はやはり銀のコーティングである。

それを弾倉に一発ずつ押し込んでゆく。

五発を入れ、いちばん上の弾丸を指で押し込みながらボルトを戻して閉鎖する。

そうすると、初弾が薬室に装填されないままの状態で携行が可能だ。

トリガーを引いて空撃ちでファイアリングピンをリリースすると、ライフルをソフトケースに横たえ、ジッパーを閉鎖した。

予備の弾丸をソフトケースのポケットに入れる。

「サイドアームも持ってけ！」

ジャックが放ってきたのは、ディサンティス社の革製ヒップホルスターに入った・四五口径の自動拳銃。

コルト・ガバメントのバリエーションを、ライバル会社だったスミス&ウエッソン社が作ったM1911だった。メダリオンがはまったチェッカーの荒い木製グリップはウォルナット材らしい。

銃把からマガジンを抜くと、八発の弾丸がフル装填されている。

「ありがとう、ジャック」

それを腰のベルトにつけてから、上着をはおり、ハンチング帽を目深にかぶって、彼女は店主に背を向けた。

「恵理香。グッドラック！」

背後からかかった声に片手を上げ、音もなく店を出た。

すでに辺りは夕闇に包まれている。

BMW・M2クーペのドアを開け、後部シートにライフル銃の入ったソフトケースを横たえると、運転席に座った。

　エンジンをかけ、アイドリングの振動の中で恵理香は目を細める。

　久々の高揚感が全身を突き上げていた。

15

　また、バイクが追いついてきた。

　ヤマハＸＴ６５０をかなり改造したマシンだ。路肩に並ぶ街灯の光を受けて、ボディがギラギラと凶悪に光ってみえた。

　ライダーは黒の革ジャン。ヘルメットのバイザーを上げ、ワニのようなウロコに覆われた顔が見えていた。

　その屍鬼が奇声を放ちながら加速してきて、彩乃が運転するフィアットに併走する。

　黒のブーツでドアを蹴りつけてきた。

「くそったれ。新車を蹴りやがって！」

　彩乃が大声で悪態をついた。

　サイドウインドウを下ろし、脇の下からスプリングフィールドＭ１９１１を引き抜いた。

　スライドを前歯でくわえてめいっぱい後ろに引いて離す。初弾を装填した拳銃を窓越しにぶっ放した。

　立て続けに三発。

　発砲の轟音と反動。金色の薬莢が視界をかすめて飛ぶ。

　ライダーのワニ顔に孔が開き、青い粘液が炸裂した。

　屍鬼はバイクから投げ出され、路肩に吹っ飛んでゆく。

　アスファルトの路面に横滑りになったバイク

が、青白い、派手な火花を散らして回転した。

「さやかさん、大丈夫？」

助手席を見ると、彼女はさすがに肩をすぼめ、震えている。

「何なんですか、あの人たち」

「詳しい説明はあと。極め付きに危険な連中なのよ」

すぐに次の二台が加速してくる。

ひとりが大きなバールのような金属の棒をかまえている。

あんなもので車の窓を破られたらたまらない。

追いつかれまいと彩乃がアクセルを踏みつける。

前方を走る宅配便のトラック。右側車線に回り込んで追い抜いた。

その向こうの十字路を急ブレーキを踏みながら左折。背後から追いすがってきたバイク集団は、トラックの大きな車体に阻まれ、彩乃のフィアットの左折を見過ごした。

ミラーを見ると、轟音を立てながらライダーたちのシルエットが次々と交差点を直進している。

が、しんがりにいたひとりが気づいたらしく、ブレーキをかけてバイクを側転させた。

怒りの奇声を放ちながら、方向を変えて追走してくる。

他のライダーたちも引き返し、それに続く。

おかげで少し距離を稼げた。

市街地から郊外へ。フィアットを時速九十キロで走らせながら、腕時計を見る。

午後五時五十分。

あれから五分と経っていない。

しかし恵理香は間違いなく援護にやってくる。それまでひとりでも敵を斃《たお》しておきたい。

金網に沿ってまっすぐ北に向かって延びた道路の途中、赤錆びた鉄のゲートがある。その向こうに蒲鉾形《かまぼこがた》の大きな格納庫がいくつか並んでいた。

フィアットを減速させることなく、ゲートを突破し、敷地の中に入れる。

ひび割れたアスファルトの路面。

疎林と草むらになった敷地。

そのところどころに住居や倉庫だった廃墟があり、円筒形のロボットのような給水塔や背の高い鉄塔が建っている。

巨大な格納庫の中にフィアットを突っ込んだ。

ドアを開けて外に立つ。狼犬ミロも同じドアから飛び出してくる。

ドームのようにだだっ広い空間だった。

ビル三階分はありそうなほどに天井が高く、鉄骨が剥き出しになっている。

足許は土で、まばらに生えた草の中に資材などが転がり、そこらじゅうに暴走族がスプレーで描いた下品な落書きや稚拙なイラストがあった。

「さやかさん、あそこに隠れて！」

格納庫の奥に錆びたスチール階段があって、二階に上れるようになっていた。もともと小さなオフィスがあった場所のようだ。

ミチルほど覚醒した〝発現者〟であれば、屍鬼に察知される危険性が高い。だが、さやかは未覚醒なので大丈夫だろう。

彼女のような存在を見分けることができるのは〝守護者〟だけだ。

さやかは青ざめた顔でうなずき、走った。長い髪を揺らし、スチール階段を上ってゆく。

足取りはしっかりしている。意外にタフな娘だ。

後ろ姿を見て、そう思った。

「さて、どうする？　ミロ」

相棒の狼犬にいった。「いつもみたいに出たとこ勝負で行こうか」

ミロは楽しそうに舌を垂らし、彩乃を見上げて尻尾を振った。

16

ソアラの車内に県内系無線で男性の声が飛び込んできた。

――至急！　至急！　本部から各局、各移動。現在、一一〇番入電中。根岸PS管内にて暴走族らしきバイクグループによる抗争の通報。付近では銃声らしき複数の音を聞いたとの情報もあり。場所は根岸北、米軍施設跡地近く。

県警本部通信司令センターからの呼びかけだった。

――最寄りのPCおよび各警戒員は現場に急行せよ。なお、不審者、不審車輛等、発見の際は、至急報にて本部に速報するよう留意願いたい。以上、本部。

神谷はハザードを点滅させながら車を路肩に停め、とっさに無線のマイクをとった。

「神奈川5から本部。神谷です。現在、別事案の捜査のため、根岸の現場付近をPC走行中。これより現場に向かいます。どうぞ」

――本部から神奈川5。神谷警視へ。被疑者グループは銃にて武装している可能性があり、受傷事故等にくれぐれも気をつけて下さい。

「神奈川5、諒解《りょうかい》」

マイクを架台に戻し、神谷はしまったと舌打ちをした。

拳銃を携行していないのである。

しかし現場に最寄りである以上、急行するしかない。

そう思って、車を出し、車線に戻した。

走行中に車窓を下ろすが、付近を走行するパトカーのサイレンらしき音は聞こえない。

緊張はあったが、自分も警察官だ。キャリアだからといって、現場への一番乗りを外すわけにはいかない。

暴走族同士の抗争はいまだによくあるが、使用される凶器は金属バットのような鈍器か、せいぜいナイフだ。銃を使ったという話は聞いたことがない。

現場に到着したら、まず現状を把握することだ。本当に暴走族なのか。銃器類は使用されているのか。

そう思いながらソアラを飛ばしているとき、ふいにミラーに後続車の目映ゆいヘッドライトが映り込んだ。

底力のある排気音が轟いたかと思うと、すさまじい勢いで右側車線を青い流線型の外国車が追い抜いていく。

神谷も時速八十キロ近く出している。それを易々《やすやす》と追い抜いたのだ。

車はBMWのM2らしい。ふたつの尾灯を赤く光らせ、たちまち前方に小さくなってゆく。

「何て奴だ」

そうつぶやくと、アクセルをさらに踏み込んだ。

17

バイクの排気音が複数、近づいてきた。

彩乃は住宅施設だったと思しき、白い二階建ての建物の廃墟の前にいた。

そこに真っ赤に錆び付いたピックアップトラックの残骸があった。

そのボンネットの後ろに立ち、ショルダーホルスターのマガジンポーチから抜いた拳銃の予備弾倉をふたつ、ピックアップトラックのボンネットの上に並べて置いた。

その傍に両肘《ひじ》を突き、スプリングフィールドM1911をかまえる。

初弾はすでに薬室の中。撃鉄も起きている。サムセフティをいつでも解除できるように、そこに拇指を載せていた。

轟音がさらに高まった。

ミロが鼻に皺を寄せ、牙を剥いて唸った。

最前、彩乃の車が入ってきた錆び付いたゲートから、何台ものバイクがターンしながら敷地内に侵入してきた。

それぞれのヘッドライトがまともに網膜を射貫く。ハイビームにしているようだ。

目を細めながら、サムセフティを弾き、彩乃は撃った。

フルオートのようなすさまじい射撃速度で八発。

そのほとんどがバイクのヘッドライトを撃ち砕いた。

ホールドオープンしたM1911のマガジンキャッチを押して空弾倉を落とす。

硝煙の中で、ふたつ目の弾倉をグリップにたたき込み、スライドを閉鎖した。

先陣を切った屍鬼のライダー。

毛むくじゃらのコウモリのような顔をしていたそいつの眉間に、・四五口径を三発、叩き込んだ。

ハンドルから両手を離し、屍鬼が後ろにすっ飛んで落下した。

ふたり目には二発。顔と喉に命中し、バイクの上から消えた。

さらに三発。

三人目の頭部にすべてヒットし、すっ飛ぶバイクの向こうにライダーの影が消えた。

スライドの停まった拳銃から空弾倉を振り捨て、三つ目の弾倉を差し込んだ。

残る敵は六人。

揃いの革ジャン姿であることから、同じ暴走族のメンバーすべてが屍鬼に変化しているらしい。

彩乃にとって、こんなケースに遭遇するのは初めてのことだった。

奴らはやはり何かの目的のために、こんなラディカルな戦闘集団を作り出しているのだろう。

バイクの群れが至近距離まで迫った。

青白い銃火と鋭い銃声が前方から轟く。

彩乃のすぐ傍を、銃弾が空気を切り裂きながらかすめる。その鋭い擦過音。

驚いたことに、前を走るひとりが片手に銃を握っていた。

二発目。今度は弾丸が大きく逸れた。

バレルの短いリボルバーのようだ。

おそらく屍鬼になる前から、暴走族のメンバーが非合法に所持していたのだろう。

それは彩乃にとって予想できたことだ。

飛び道具を所持しているのが自分だけとはかぎらない。横浜にはまだまだ裏社会があり、ヤバイ連中もそこここにひそんでいる。そんな奴らが屍鬼となれば――。

「ミロ、後退するよ」

素早く踵を返し、後ろの建物の開きっぱなしのドアから中へと飛び込んだ。

狼犬が被毛を風に流しながら、すぐあとに続く。

さらに追い打ちの銃弾がふたりをかすめた。

建物の中に入り、昏い通路を走った。

すぐ傍にミロの息づかいが聞こえる。


夜目の利く彩乃が振り返ると、闇の中に燐光のように碧《あお》いふたつの目が光っている。

バイクの音が侵入してきた。

予想通り、奴らは降りずにそのまま突入してきたのだ。

一台目が通路を追ってきた。

銃弾でヘッドライトを壊されているが、屍鬼たちも夜目が利く。建物の中は昼のようにはっきりと見えているはずだ。

彩乃は部屋のひとつのドアを開けた。

中に入りざま、ドア枠に左手を突き、その拇指に右手首を載せるようにして拳銃をかまえた。

屍鬼たちのバイクが一列になって狭い通路を疾走してきた。

先頭車のライダーの顔の真ん中を狙った。

二発、撃つ。

爆風が顔を叩いた。

闇を穿つ銃火の向こうで、屍鬼が無言でバイクから後ろにすっ飛び、二台目のライダーにまともに激突した。バイクとバイクが衝突して、派手な火花が散った。

続いて狙おうとしたが、奴らは予想外の行動を取った。バイクを乗り捨てて、いったん屋外に駆け出したのである。

拳銃にセフティをかけ、あとを追おうとした。そのとき、またミロが唸った。

振り向く余裕もなかった。

スプレーペイントの落書きだらけの壁。そこに穿《うが》たれた窓が爆発したように派手に割れて、革ジャン姿の屍鬼が飛び込んできた。

体当たりを食らって、仰向けに倒れた。

顔いっぱいになった口を開け、無数に並ぶ鋭い牙を彩乃の顔に突き立てようとする。

その横っ面を拳銃で思い切り殴りつけた。

立ち上がりざま、間髪《かんはつ》容《い》れず、右足を浮かせて蹴りを放つ。

こめかみに回し蹴りをまともに受けた屍鬼が吹っ飛ぶように倒れた。

起き上がろうとした相手にミロが飛びかかる。狼犬の巨大で強力な牙がライダー姿の屍鬼の喉をえぐった。

首がほとんどちぎれかけていた。その死体が突如、青白い炎を発して燃え始める。

屍鬼たちは死して証拠を残さない。

続いて革ジャンの男たちがさらに窓を破って入ってきた。

彩乃は躊躇なく撃った。

手前のひとりに三発、頭と胴体に銃弾を叩き込む。

後ろにいた屍鬼が飛びかかってきた瞬間、サルのような顔の真ん中に強烈な裏拳を食らわせた。振り返りざま、のけぞったその口に銃身を突っ込むように引き鉄を引いた。

後頭部から粘液を飛び散らせながら、屍鬼が仰向けに倒れた。

三人目はやや距離があったので、余裕で狙った。

眉間に二発、・四五口径を叩き込んだ。

銃弾の威力とともに、弾頭部にコーティングされた銀の破魔《はま》のパワーで、屍鬼の男の頭部が西瓜《すいか》のように炸裂した。

頭を失った胴体がゆっくりと仰向けに倒れる。

地上に落ちる前に魔物の躰が青白い火に包まれていた。


ミロも戦っていた。

最後のひとりの革パンツの太股に牙を立て、無造作に首を打ち振って相手を横倒しにしたと思うと、伸ばした手首を囓《かじ》り取り、喉笛に咬み付いた。

その隙に、彩乃は弾倉を交換した。スライドを閉鎖し、セフティをかける。

拳銃を左手に持ち替える。

右手の掌には、拳銃のローズウッドのグリップに刻まれたチェッカリングの痕がくっきりと残っている。

それをジーンズに擦りつけてから、拳銃をまた持ち替えた。

最後の八発だ。

絶命した屍鬼たちは、それぞれ青い炎を上げて燃え始めていた。その炎の揺らぎが闇の向こうに通路を浮かび上がらせている。

周囲に敵がいないのを見て、彩乃は走った。

ミロが続く。

18

米軍施設跡地から少し離れた疎林の中にＢＭＷを停めた。

ソフトケースに入れたライフルを車内から引っ張り出したとたん、銃声が聞こえた。

数発。

あの速射の仕方は間違いなく彩乃だ。

下半身に登山用のハーネスを装着し、カラビナをセットする。クライミングに使う七ミリ径のザイルの束をライフルといっしょに肩掛けした。

黒沢恵理香は音もなく薄闇の中を走った。

施設の周囲にある鉄条網の破れた箇所を見つけ、素早く中に侵入する。銃声の方角と建物の配置をざっと見て、狙撃ポイントを決めた。

三階建ての建物の屋上。

そこに向かって走っているとき、また銃声がした。

およそ二百メートルぐらい。

建物の入り口から中に入り、ジグザグの階段を一気に駆け登った。屋上への鉄扉を開き、外に出る。

夜風に吹かれながら歩く。錆び付いた四角い給水タンクを回り込むと、屋上の突端に立った。

銃声とともに遠くに青白い銃火が瞬いた。

人影が走った。

数人。相手はどうやら人間の姿をとっているらしい。それも革ジャンのライダーだった。

御影町での絶望的な攻防は、屍鬼どもだけが相手じゃなかった。

あのとき、自分を凌辱した男もまた、暴走族崩れのライダーだった。

怒りがつのる。

肩掛けしていたライフルとザイルの束を足許に下ろす。ザイルを解《ほど》き、ふたつ折りにして屋上の手摺りの支柱に回す。

下を覗くと、地上まで十五メートル。ザイルの長さにはじゅうぶんに余裕がある。

ソフトケースを開いて、レミントンM700ライフルをとりだす。

ブルバレル――肉厚の銃身だが、長さが短く、しかも木製ストックではなくシンセティックなので本体の重量が軽い。ということは射撃時の反動をまともに受けてしまうことになる。

しかし恵理香はそれをコントロールするすべを身につけていた。

すべては訓練のたまものだ。

複数の銃声がくぐもって聞こえた。

戦闘が屋内に移動したようだ。

黒い革手袋をはめ、ライフルのバイポッドを立てた。

錆び付いた手摺り越しに撃てるから都合がいい。

瓦礫をたんねんにどけてから、コンクリの上に腹這いになった。

右足を曲げた姿勢で台尻を肩付けして、伏射《プローン》のポジションになる。ハンチング帽を指先で少し上げて視界を確保する。

スコープの前後のレンズには、それぞれバトラーキャップが取り付けてある。

後ろのキャップは、赤い小さなレバーを拇指で弾くとバネで起き上がって開く。前のキャップは本体の小さな出っ張りを弾く。開放時に太陽光でレンズに影を落とさないように、前部のキャップは真横に開くようにセットしてある。

接眼レンズを覗く。

十字のレティクルの向こう、フォードのピックアップトラックが見える。

周囲はすっかり夜の闇に閉ざされていた。

だが、精度の高いスコープは集光性能もあるため、肉眼で見るよりも視野が明るく見える。

ピックアップトラックは廃車らしく、窓ガラスは破れ、タイヤはホイールのみ。車体全体も酷く錆《さ》び付いて、わずかに傾いていた。

トラックのタイヤに狙点を重ねつつ、ズームを三倍から六倍に上げた。

接眼鏡から目を離さず、左手の人差し指の先を唾で濡らした。風はない。

狙撃の基本であるゼローイングは二百メートルの調整に固定してある。

錆び付いたフォードのピックアップトラックを見つけ、そのタイヤのひとつを仮の狙点にして、ミルドット・レティクルの十字線のドットで距離を測定した。

一ミルは百メートル先の十センチとなる。

タイヤの直径をざっと割り出し、ドットの数に十をかける。

目測どおり、およそ二百メートルの距離だった。

標的の位置が、あのトラックの前か後ろかで、上下の微調整が必要となる。

狙撃は弾道学の一分野であるが、一冊の本が書けるぐらいに奥深い技術だ。

しかし恵理香はその多くを会得《えとく》していた。

ストックを握っていた右手を離し、レバーを起こしてゆっくりとボルトを引いた。

ボルトを戻すと、固定弾倉に光っていた・三〇八ウインマグナムの長い薬莢が薬室に送り込まれる。

レバーを下げて射撃位置にし、すぐ後ろにあるセフティをかけた。

そして恵理香は待った。

自分が撃つべき瞬間を――。

19

悲鳴が聞こえた。

彩乃が振り向くと、彼女がフィアットを置いた格納庫のほうから、黒い影が四つ出てきた。

目を凝《こ》らした。

唸り声を洩らすミロを片手で制止する。

革ジャンのライダー姿の屍鬼が三人。もうひとりは――さやかだった。

隠れていた場所から連れ出されたらしい。

屍鬼のひとりが、さやかを羽交い締めにしていた。

そして右手が紐か帯のように変形して伸び、その先が鋭い刃物のように尖って、さやかの喉許に突きつけられている。

細胞を変化させることによって、硬質化させているのだろう。

「銃を捨てろ。女を引き裂くぞ」

人間の声帯ではないため、声がひどくひずんで聞こえた。

顔の上半分に複数の目があり、長い牙を剥き出している。

二メートル以上にも伸びた腕の全体にも無数の目が並んでいる。

さしずめ〝百目〟とでも呼ぶべきか。

一瞬、さやかの正体――〝発現者〟であることを悟られたかと思った。

しかし屍鬼は、自分が捉えている娘には興味がなさそうに見えた。

「そんなに目がいっぱいあって、バイクに乗るときはゴーグルをどうやってかけんのよ」

彩乃は含み笑いをしてから、そういった。

「冗談につきあう暇はない。あの方は焦っておられる。一度はお前たちのせいで復活を阻止された。だが、今度ばかりはそうはいかん」


「旧支配者はザイトル・クァエだけじゃないでしょう。もっと強力な邪神を目覚めさせるつもりね」

〝百目〟のみならず、あとのふたり――昆虫の顔をした奴と、半分、溶けかかった顔のライダーが甲高い奇怪な声を放って哄笑《こうしょう》した。

「いいから早く銃を捨てろ！」

いらだたしげに〝百目〟がいって、さやかの喉笛に硬質化させた腕の先端をグイッと強く当てた。

さやかが引きつった顔で彩乃を見つめてきた。

「ミロ。あんたは手を出さないで」

そういって身をかがめ、スプリングフィールドM1911をそっと足許の地面に横たえた。

「それでいい」

そういった〝百目〟がさやかに伸びた腕の切っ

先をつきつけたまま、もう一方の手で腰の後ろから拳銃を抜き出した。

トカレフか、中国製のコピー拳銃らしい。それを彩乃にゆっくりと向けた。

「お前は不死だったな。〝守護者〟は首を切り離さないかぎり死なんらしい」

そういうと、銃口を彼女の傍にいるミロに向けた。

「ならば、まずこっちだ」

ミロが唸る。

牙を剥き出し、隙を見て飛びかかろうとしている。

しかし、銃口がまっすぐ狼犬をポイントしていた。

彩乃は焦った。

まさか、そう来るとは予想もしなかった。


「目障りな犬ッコロから、まずはくたばってもら――」

その言葉が終わらぬうちだった。

トカレフを握った〝百目〟の頭が青い飛沫を散らして四散した。

遅れて野太い銃声が轟いた。東の三階建ての建物のほうからだった。

ライフルだと彩乃は気づいた。

「恵理香！」

二発目が〝百目〟の胸を貫き、屍鬼がもんどり打って倒れた。

ふたたび銃声。

弾丸が音速を超えるため、発砲音のほうが遅れて届くのである。

屍鬼が大地に仰向けになっていた。

長く伸びた右手が、踊り狂い、バタバタと地面を叩いている。

　そこにミロが飛びかかった。伸びた右腕を咬みちぎるや、今度は胴体を大きな口でくわえ、振り回す。

　だしぬけに青白い炎を上げて燃え始めると、あわててミロがそれを放した。

　屍鬼の死体はみるみるうちに灰燼《かいじん》となり、それも風にさらわれるように消えてしまう。

　束縛から解放されたさやかが、彩乃のほうに走ってくる。とっさに彼女をかばうように前に立ち、落ちていたスプリングフィールドM1911を拾った。

　サムセフティを外し、顔が飴のように溶けかかった屍鬼の胴体に立て続けに三発を叩き込んだ。

　耳をつんざく銃声。

　空薬莢が落ちる渇いた音。

　弾丸を食らった屍鬼がきりもみのように身をよじりながら倒れた。

　残る一体。

　昆虫みたいな顔をしたライダーに素早く拳銃を向けたとたん、その頭部が青い飛沫を散らして派手に炸裂した。

　遅れてライフルの銃声が届いてくる。

　屍鬼は倒れる前に青白く炎を放って燃え始めていた。

*

　最初のターゲットを撃ち、恵理香はライフルのボルトを引き、空薬莢を真横に弾いた。

　真鍮の音が転がりながら遠ざかってゆく。

　火薬の燃焼臭の中で、弾倉にあった二発目の・

三〇八ウインマグナム弾を薬室に装填する。

スコープの接眼鏡越し、ミルドット・レティクルの十字線の中心に標的を捉えた。

頭部を失ってもまだ倒れていない。

照準の狙点を少し下にずらした。

胸の真ん中。

トリガーを絞り込むように引く。

轟音とともに反動が肩を突き上げ、同時にターゲットの人影がすっ飛ぶのが確認できた。

倒れた屍鬼は青い炎を揺らめかせて燃え始めた。

ボルトを操作して空薬莢を弾き、三発目を装填している間、二体目の標的は彩乃が拳銃で倒したようだ。

三体目——最後の標的はもらった。

頭にレティクルを重ね、トリガーを絞る。

命中。

革ジャンらしい黒い影がくずおれるのが見えた。

ターゲット、オール・クリア。

ボルトを素早く引いて空薬莢を排出してから、トリガーガード前にあるラッチを押して、本体下部にあるフロアプレートを開いた。

弾倉から落ちて来た二発の弾丸を掌に受け止めた。

伏射の姿勢からゆっくりと立ち上がる。

銃床を当てていた右肩に、射撃時の反動の痛みが残っている。

弾丸を空にしたレミントンM700をソフトケースに横たえて、ジッパーを閉める。

屋上のコンクリの上には空薬莢が三つ。

それを拾うと、燃焼の熱が革手袋を通じて掌に感じられる。空薬莢をポケットに入れた。

ライフルを肩掛けすると、手摺りに渡していたザイルを屋上から下に投げ落とす。

腰のハーネスにつけたカラビナにザイルをクリップし、思い切って手摺りを跨いで外側に出た。建物の壁面に向かう形で懸垂下降を始めた。トントンと外壁を蹴りながら降りて、あっという間に地上に到達すると、カラビナからザイルを外し、一端を持って引っ張った。落ちて来たザイルを素早く束ねた。

一連の動作をまるで予定調和のように終えた恵理香は、ザイルとライフルのケースを肩掛けして走った。

足音もなく静かに。

＊

革ジャン姿の屍鬼が、仰向けに横たわっている。

まだ死んでいないのは、躰が燃え出さないからそれとわかる。

さやかが彩乃の左腕にしがみつき、それを見下ろしていた。彼女の震えが伝わってくる。

こんなに異常で恐ろしい経験をしたのだ。むりもない。

遠くにパトカーのサイレンが聞こえた。それも複数。

時間がなかった。

右手のスプリングフィールドM１９１１をライダーの屍鬼に向けた。

頭を撃ち抜けばトドメが刺せるだろう。が、トリガーが引けなかった。

酸をかぶったようにドロドロに溶けかかって

いた顔。

その醜悪な容貌の中、濁った目がしばたたかれていた。

その仕種が妙に人間っぽかった。

「頼む……助けてくれ」

屍鬼がしゃがれた声でいった。

彩乃が笑った。

「屍鬼のくせして命乞いなんかするわけ?」

「俺は人間なんだ。躰を乗っ取られちまったが、心はまだもとのままだ」

「世迷いごとをいわないで」

「本当だって」

「だったら、なんで奴らと行動をともにしてたの」

「そうしなければ殺される。なりきったふりをしてただけだ」

またわざとらしく目をしばたたき、男がいった。「なあ、助けてくれよ」

「奴らの目的は? 何のために港南市にいたの」

「知らないんだ」

遠くから足音が近づいてきた。

黒沢恵理香がライフルのケースを肩掛けして、足早にやってくる。

黒いジャケットにスリムのジーンズ。灰色のハンチング帽を目深にかぶっている。

かすかな口笛。

彩乃はメロディを知っていた。エラ・フィッツジェラルドの歌〈マック・ザ・ナイフ〉だ。

ふたりのところにやってきた。

「恵理香。援護、ありがとう」

「いいのよ。それより、そいつをどうするの」

「屍鬼のくせして命乞いしてる」

恵理香は冷ややかな顔で革ジャンの魔物を見下ろした。

ライダー姿の男は、醜悪な顔の前に持ち上げた両手を震わせていた。

「助けてくれ」と何度もつぶやいている。

「まさか、こんな猿芝居を信じるの？　ここで殺さないと、あとでろくな結果にならないわ」

いわれて彩乃は肩をすぼめた。

「こんな奴を殺すと寝覚めが悪いわ」

「ツメが甘いわね」

「あなたは撃てるの？」

すると彼女は黒いジャケットの裾をめくり、ヒップホルスターから・四五口径の自動拳銃を抜いた。

素早くスライドを操作して初弾を送り、無造作にライダーの額に素早く二発、撃ち込んだ。

「私は撃てる」

そういって唾を吐き、サムセフティをかけたSW1911を腰に戻した。

屍鬼の死骸が青白い炎を発して燃え始めた。

20

米軍施設跡地の昏い木立の中、神谷警視は一部始終を見ていた。

心に大きな衝撃を受けた。

まさかと思っていた。

自分が目撃した怪異から始まった一連の出来事。

しかしそこには現実感が欠落していた。

実際にそんなことがあり得るはずがないと、心のどこかで思っていた。

それが一転した。

あの暴走族――〈デヴィルス〉の革ジャン姿のライダーたちは、明らかに人間ではなかった。特殊メイクならともかく、あんな人間の形態の変化を見せられたのである。

対する相手は女たちだった。

人質に取られた娘はともかく、あとの二人は武装していた。

ひとりは拳銃、もうひとりは遠距離からライフルで狙撃を敢行した。

ふたりとも、まるでムダのない動きだったし、射撃の正確さはプロを思わせた。

――あの女たちが闇のハンターなのか。

茫然自失として魂を奪われたようになっていた。

ドアの開閉音で我に返った。

車が二台、走り始めた。

深緑色のフィアット・パンダと青いBMWクーペだ。運転席にはそれぞれあの女たちの姿がある。

パトカーのサイレンが複数、かなり接近している。あと数分と経たないうちに到着するだろう。

神谷は走った。

木立を抜けて敷地の外に飛び出し、路肩に駐車していたソアラに飛び込む。

車を急発進させて、米軍施設跡地のゲート前へ向けた。

彼女たちのそれぞれの車が敷地から出るよりも前に、その進行を妨げるように横向きに停車させた。

フィアットとBMWが急停車した。

距離は数メートルだ。

神谷はドアを開けて、運転席から外に出た。

二台の外国車の目映《まばゆ》いヘッドライトの光芒に目を細めながら、その前に立ちはだかる。

底力のあるアイドリングのエンジン音が続き、他はまったくの沈黙だった。

彼女たちが車から出てくる気配はない。だからといって、車を急発進させて神谷を轢《ひ》き殺すつもりもなさそうだった。

眼前に横並びに停まった車は、どちらも車内が昏くて見えない。

しかし、強烈な視線のようなものを感じた。

殺気といってもいいかもしれない。

足が震えるほどの緊張感に包まれながら、神谷はゆっくりとスーツの内ポケットから警察手帳を出し、IDの顔写真がついたページを提示してみせた。

「神奈川県警刑事部捜査第一課の神谷鷹志といいます」

フィアットの運転席のドアが開いた。

ポニーテイルにタンクトップの女が出てきた。ショルダーホルスターに黒い拳銃を差し込んでいるのが見えた。

煙草をくわえ、ジッポーのライターで火を点ける。

闇に揺れる炎の中で一瞬、顔が見えた。

モデルか女優になれそうなほどに美貌な女だった。

「――で？　神谷さん。あなたひとりで私たちを逮捕するって？」

彼はドキリとした。

そうだ。俺はいったい何をしたいのだろうか。

しばしの間のあと、神谷はこういった。

「根岸署と市内各署からパトカーがこっちに急行しています。発砲事案ということで検問もあちこちに張られているので、幹線道路を使うと引っかかる可能性が高いです。いったん戸塚方面に向かって包囲網を抜けたほうがいいと思います」

自分の口を突いて出た言葉に驚いた。

「もとよりそのつもりだったけど、でも、まあ、ありがとう。礼をいっとくわ」

「どういたしまして」

「変わった警官ね、あなた」

そういいのこすと女はフィアットに戻った。

神谷は急いでソアラに入って発進させた。

ゲート前が空いたとたん、フィアットとBMW、二台の車が神谷のソアラをすり抜けるように飛び出した。

ステアリングを握ったまま、神谷は車窓越しに振り返っていた。

フィアットに乗ったさっきの女。後部座席には若い娘。

BMWの中にはもうひとりの女。

二台の車の尾灯が暗闇ににじみ、あっという間に小さくなってゆく。

神谷はふうっと長く吐息を洩らした。

それまで死神に喉首を締められていたような気がした。

やがてサイレンが急速に近づき、最初のパトカーがやってきた。続いてもう一台。

赤いパトランプが暗がりに明滅しながら接近してくる。

神谷はドアを開き、ソアラの外に下り立った。

＊

米軍施設跡地の現場検証が終わるまで三時間かかった。

鑑識班や捜査員たちが次々と車で去り、黄色い立入禁止のテープが張られ、明日まで現状維持ということで数台のパトカーが残されるばかりとなった。

敷地の中は、壮絶な銃撃の痕跡がありありと残っていた。

無数の空薬莢。建物の壁に穿たれた弾痕。使用されたのは・四五口径とおぼしき拳銃と大口径のライフル。他にもトカレフらしい七・六二ミリの小さな薬莢などもいくつか発見されている。

しかし死体もなければ怪我人も見つからない。血痕すらまったくなかった。

あとはカワサキやホンダ、ヤマハなどのバイクが十一台。乗り手のないまま、あちこちで横倒しになっていた。

エンジンがかかりっぱなしの車体もいくつかあった。

それから、何かが燃えた痕跡。

これは鑑識班がいちばん首をひねっていた。

そこには焼けた残骸もなければ、灰すら落ちていない。

ただ、燃えた痕跡というか焼け跡だけが、建物の中や外、コンクリや地面に残されていたのである。

一連の出来事を目撃していた神谷だが、そのことは他の捜査員には明かさなかった。

自分が彼女たちを逃がした以上、もう共犯者のようなものである。

が、かりにすべての出来事を誰かに告げるとして、いったいどういえば信じてもらえるだろうか。

三十七年間、生きてきた今までの常識が、たったの一夜ですべてがひっくり返ってしまった。

そんな思いに打ちひしがれたまま、神谷は現場を行き交う捜査員たちの姿を茫然と見つめているしかなかった。

敷地の外に停まったソアラの中で、神谷はぼうっと考えていた。

あのふたりの女たちの姿が脳裡に焼き付いている。

まるで傭兵か、戦闘のプロのような動きで銃を扱い、化け物のような連中を次々と倒していった。

この国において、許可を受けた以外の市民が銃を持つことは違法である。

しかし、彼女たちはそんな常識から大きく外れた存在のような気がした。

いや、法律だとか常識だとか、そんなものを超越した世界で、ああして闇の存在たちと戦っていたのだ。

驚き、打ちのめされると同時に、神谷はふたりに共感している自分に気づいた。

おそらくそれは神谷が警察官だからだろう。

社会の安全を守る。人の命を守ることが自分たちの職務。

それがゆえに、あのふたりの女たちが命を賭して異界の存在と戦っていることに、奇妙なシンパシーを感じたのである。

だから、ふたりをあえて逃がした。

けっきょくそういうことなのだ。

ふいに車窓がノックされた。

驚いて振り向くと、ソアラの外に成田警部が立っていた。その後ろに、クラウンにもたれかかった山西巡査長の姿もある。

港町署のふたりがなぜここに？　そう思ったとたん、ハッとなった。

ドアを開けて外に出た。

「警視殿がお探しの相手がどうやらわかったようです」

成田がそういって、口を歪めるように笑った。

周囲を見てから神谷がいった。

「さっきそれらしい人物に遭遇した。彼女たちは何者だ」

「発砲事案の被疑者は女だったんですね」

「そうだ。狼のような犬もいた」

成田が満足げにうなずいた。

「本牧のヨットハーバー近くで探偵をやっている深町彩乃。それからシンガーの黒沢恵理香」

「探偵と……歌手？」

成田がうなずいた。「〈CJ's BAR〉って店に行けば会えますよ。あいつの事務所はその上にあるんです」

「正体は？」

すると成田が困惑した顔になる。

「よくはわからんのですな。何年か前に横浜《ハマ》に流れてきたようですが、元はアメリカのどこかにいたとかいう噂です。住民票はなし、当然、日本国民でもない。いわば不法滞在なんですが、それがどうしたことか、この街の空気に妙に溶け込んでやがる」

「成田さんはまんざら嫌いでもなさそうですね」

ふっと笑って神谷がいったが、彼は応えなかった。

21

山手町の閑静な住宅街に入ると、通行量がぐんと少なくなった。

坂道を登り切ったところにある大きな屋敷が新宮さやかの住居だった。

高いコンクリ塀に沿って走った車が門前で停まる。サイドブレーキを引く音。

午後九時半。夜も深まっていた。

助手席にいるさやかが、彩乃の横顔を見た。

「今夜はゆっくりお休み」

さやかが頭を下げる。「本当にお世話になりました」

「ごめんね。怖い目に遭わせたりして」

心の底から同情するような真摯な表情で彩乃がいった。

「いいんです。おかげで命を助けていただきました」

そういって口を引き結び、また彼女の顔を見つめた。思い切って口にしてみた。

「あの……ミチルさんはあなたを〝ねえさん〟っていってるけど、本当は違うんですよね」

彩乃はかすかに眉をひそめた。しかし視線は泳がなかった。

さやかを見つめてきた。

「そう、ミチルとは特別な関係」

「え。特別……」

ドクッとさやかの胸の奥で鼓動が感じられ、

彩乃に伝わってきた。

「誤解しないでね」

そういって彩乃は肩をすぼめた。

「もうわかったと思うけど、あの子は平凡な大学生じゃない。ふつうの人間とも違う。というか、種としてかなり特殊な存在なの。そして私は彼の〝守護者〟。ずっと彼を守ってきたわ。これからもね」

「あの人たちは？」

「あれは〝人〟じゃない。私たちは屍鬼と呼んでるけど、恐ろしい力を持った異形の存在。この世には目に見えない善と悪の対立があって、どうしたことか、私たちはそのまっただ中にいるの。そんな複雑な事情にあなたを巻き込んでしまったわ。のみならず、これ以上、私たちに関わっていたら、もっと恐ろしいことが起こるかもしれない」

「私、覚悟してます」

「マジ？」

うなずいた。

ふっと彩乃が破顔した。「強い娘《こ》だね、あなたは」

さやかがうなずいた。

その澄み切った大きな眸の中に、彩乃はミチルと同じ〝存在感〟のようなものを見つけた。

まだまだか細く、揺らぎを持っていたが、〝発現者〟としての能力はかなり秘められていると思った。

奴らにそれを悟られなかったのが、もっけの幸いだ。

「ミチルとならお似合いだよ」

「ありがとうございます」

狼犬ミロが後部座席から首を出し、さやかに甘えてきた。

その大きな顔をか細い手で撫でてから、さやかはドアを開け、外に出た。

細い姿が門灯の向こうに見えなくなると、彩乃は車を走らせようとシフトレバーに手をかけた。

ふと、彼女が消えた家の門を振り返る。

ブロック塀の下に、小さな白い花が咲いいて、夜風に揺れていた。

＊

フィアット・パンダが夜道を去っていくと、すぐ近くの街灯の下に人影が浮き上がった。

いったい、どこに潜んでいたのか。まるで闇そのものが形を変えて人の姿になったようだった。

スーツ姿のその男は西島直之だった。

端整な顔立ちの中年男性だが、顔の皮膚のあちこちが火傷をしたようにただれ、めくれている。

そこからときおり小さな触手がぬるりと出ては引っ込んでいる。

血走った目は、さやかの家にじっと向けられていた。

男はふいに顔を歪めた。無数の皺が目の周りに走り、また消えた。

深町彩乃にさんざんぶち込まれた散弾が、躰の中で発熱している。

それがゆえにともすれば、人の姿が崩れてしまいそうになる。

だが、西島はぐっと堪えながら、体型を維持していた。

あの女にはいずれ復讐をする。

しかし、その前にやるべきことがあった。

この大きな港町のあちこちに侵入している屍鬼たちのリーダーとして、彼は最後まで行動しなければならない。

横浜の街を〈ゾーン〉に取り込むためには、強力な負のエネルギーが必要だった。

あの御影町のときのように、田舎町に暮らす住民の魂だけでは足りない。もっと大勢の人間から恐怖と絶望というネガティブな感情を引き出して、一気にこの街を包み込む。

そうすることによって、深き海の底に沈み、長きにわたる眠りについている偉大なるルルイエが浮上し、大いなる神がよみがえるはずだ。

そして横浜の街はこの世界から、歴史から完全に消え去り、旧支配者の神殿がそこに出現することになる。

――早く行こうよ、おじさん。

ふいに声がした。

小さな手が彼の手首を掴んだ。

西島は振り向く。

背後にあった闇――夜よりも暗い漆黒の中から、少女の姿が浮かび上がった。

――あの娘を生け贄にすればすべてが終わり、すべてが始まる。

突如、娘の声色が変わった。野太く、低い不気味な声。

そうだ。

西島は嗤《わら》った。

そのために、あの女や藤木ミチルをずっと見張っていた。

そしてようやく突き止めたのだ。

真の〝発現者〟の存在を。

ふたりは音もなく歩き出し、〈新宮〉と門灯に書かれた大きな家の中に、溶けるように入っていった。

22

〈CJ's BAR〉の薄暗い店内。

黒沢恵理香のライヴが終了して、ほぼ満席だった客たちが引き始め、今はまばらにしかいなかった。

ステージのピアノにカバーがかけられ、照明が落とされ、壁際のジュークボックスから流れるジョン・コルトレーンのけだるいサックスの調べだけだ。

深町彩乃はカウンターの端に座り、いつものようにオールドクロウの水割りをあおりながら、煙草をくわえていた。

頬杖を突いたまま傍らを見ると、店の奥の暗がりではすでにビールで酔っ払った狼犬ミロが横倒しになり、気持ちよさそうに腹の肉を上下させていた。

ふっと笑って前を向いたとき、足音がして恵理香がやってきた。

ライヴのときと同じ黒のドレス姿だ。

スナイパーをやっているときのボーイッシュなスタイルもかっこいいと思うが、女の艶《つや》をかもし出すこうしたファッションが、彼女にはとても似合っている。

隣のストゥールに座ると、カウンター越しにジャックが氷を入れたグラスを差し出してきた。

受け取った恵理香のそれに彩乃がバーボンを注いだ。

「お疲れ様」

「お互いに」

ふたりでグラスを重ね、飲んだ。

しばしの沈黙ののち、恵理香がいった。

「今日の夕方、市営地下鉄の電車が線路に張った巨大な植物の根のようなものにぶつかって、脱線したそうよ。例のザイトル・クァエがあちこちに根を伸ばしてるようね。奴らが地中ではびこっているということは、この街を〈ゾーン〉に連れ去るつもり？」

「それもあるけど、もっと大きなことを企んでいる気がする」

首をかしげる恵理香を見て、いった。

「人口三千人ぽっちだった御影町と違って、横浜市は三桁以上も人口が多い。それを抹消しようというんだから、あのときとはケースが違うわ。おそらく、もっと大それたことをやろうとしているんでしょう」

「大それた……」

恵理香が彼女を見たとき、店の扉が開いた。

壁際のミロが、サッと顔を上げた。

「あなたは――」と、彩乃がつぶやいた。

入り口に立っていたのは神奈川県警の神谷鷹志だった。彼ひとりらしい。

革靴の底でフロアを踏んでゆっくりと歩いてくると、黙って彩乃の隣のストゥールに座った。恵理香の反対側である。

恵理香は黙って立ち上がり、ジャックに軽く手を挙げて、ステージの袖に姿を消した。

それを見ていた神谷が、前を向いた。

「店主のジャック・シュナイダー。彼に何かを注文して」

彩乃にいわれ、少し狼狽え気味にこういった。

「ウーロン茶はありますか」

カウンターの向こうで大柄な白人が首を振る。

「だったら……オレンジジュースか何か」

「ＯＫ」

ジャック・シュナイダーがうなずき、冷蔵庫の中から罎を取りだし、グラスに注いだ。

氷を少し入れてさしだす。

それを受け取って神谷が口に含んだ。

「車だから飲まないの？」

神谷が前を向いたまま、いった。「飲めないんです。一滴も」

彩乃がふっと笑った。

「本当にあなたは変わった警官ね。いつもひとりで行動してるの？」

「捜査のときはチームを組みます。でも、この案件は自分だけです」

神谷が一瞬、黙った。

しばし考えてから、また口を開く。「つまり、あの化け物たちのことです」

いってから、小さく吐息を洩らした。

「屍鬼というの」

彩乃はグラスの表面に指先で漢字を書いてみせた。「いろいろな姿かたちをとっているけど、いにしえの邪神たちに仕える眷属どもよ」

そういってから彩乃はまたグラスを口に持っていった。「で、私に何かを期待してるわけ？」

「奴らのことを知りたいんです。なぜ、この街に出現して、何をしようとしているのか」

「それを知ってどうするの」

「峰岸久美という女性がいました。婚約者でした」

「でした？」

「あるときから、忽然と姿を消してしまった。それだけじゃなく、家族ですら、久美のことを憶えていない。いや、最初から知らないと……」

そこまでいったとき、かすかに声が震えた。

「久美を取り戻したいんです」

「屍鬼にとりこまれたか。あるいは屍鬼に関わることで修正現象が起こって、時空から存在が完全に消えたか」

「そんなことってあるんですか？」

神谷が振り向いた。目が真っ赤だった。

「ここ最近、この街ではそれが頻繁に起こってる。時空が歪んで何かが変化しても人間はそれを感知できない。でも、ごくまれにあなたが経験したような奇妙な矛盾が生じるの」

「元にはもどらない？」

彩乃はうなずいた。「いずれ、あなたの記憶からも婚約者の存在は消える」

神谷はまた俯き、唇を咬んだ。

「もはや彼女を取り戻せないんですね」

「川の流れが戻らないように、時空の修正が元に戻ることはないわ」

彼はカウンターの一点を見つめるように黙り込んだ。

「いったい奴らは何をもくろんでいるんですか」

「この街を歴史と時間から消し去ること」

「そんなことが可能なんですか」

「すでにいくつもの町や村が消されたわ」

「莫迦な。そんなことがあったら、大騒ぎになるに決まってる」

「さっきいったように修正現象が起こって、人々の記憶からその場所に関する記憶が消去される。だから、周囲の人間たちはそのことに気づかないだけ」

「何のために、そんなことをしようとするんですか」

「人の恐怖や哀しみといった負のエネルギーを利用して、太古からの眠りについた邪神を復活させるためよ。だから、捕獲した町や村を〈ゾーン〉という亜空間に転移させて周囲から孤絶した閉鎖状況に追い込み、人々を犠牲にしていくの」

「それを、この横浜でやろうと――？」

彩乃はうなずいた。

神谷がストゥールを引いて立ち上がった。

カウンターの向こうにいるジャックに向けて、千円札を差し出す。

店主はわずかに肩を持ち上げ、頭を振った。

仕方なく紙幣をポケットに乱暴に突っ込むと、神谷は彩乃に背を向けた。

ふと気づいて、懐から名刺入れをとりだし、カウンターの上に一枚、置いた。

彩乃は紙ナプキンを一枚抜くと、そこに自分の携帯の番号を書いて渡した。

それを掴んで出入り口に向かって歩く彼に、彩乃は声をかけた。

「また、いつでも店においで」

神谷は返事をせず、扉を開けて悄然と出て行った。

暗がりからそれをじっと見ていた狼犬ミロが、大きく口を開いて欠伸をした。

舞台の袖から、また恵理香が姿を現した。

いなくなっている間に着替えをしたらしい。黒のドレスからスリムのジーンズに青いシャツになっている。

袖を肘まで折っていた。

さっきと同じ椅子に座り、黙ってジャックからウイスキーのグラスを受け取った。

彩乃がバーボンを注ぐ。

カウンターの上に置かれた名刺をとってみた。

神奈川県警察　刑事部捜査第一課
警視
神谷鷹志

その名の文字をじっと見つめる。

「戦力になりそう？」

いわれて首を振った。「いかにもなキャリア警官だし、デスクワークがお似合いでしょうね。実戦になったら瞬殺《しゅんさつ》されそう」

すると恵理香がキラキラした目で振り返った。

「だけど、まんざらでもなさそうじゃない。なかなかのイケメンだったし」

「やっぱり口説くべきだったかしら」

バーボンを口に含んでから、彩乃はいった。

「派手な銃撃戦をやったあとって、なぜかいつも強烈にセックスがしたくなるの」

手にしたグラスをじっと見ながら、彼女は笑う。

「だったら、なんで帰したの」

「婚約者を亡くしたばかりの男を部屋に誘い込むなんて、いくら私でも、さすがにむりだわ」

「莫迦」

今度は恵理香が笑う番だった。

第三部

1

翌朝、ミチルが〈近代アメリカ文学史〉の講義が始まる大教室に入り、さやかの姿を探した。しかし彼女はいなかった。

いつもミチルより早く教室にいるのにと奇異に思い、ふと不安になった。

スマートフォンを取り出し、さやかを呼び出してみたが、《電波の届かないところにいるか、電源が切れています》というアナウンスが返ってきた。

いったん教室を出て、キャンパスの並木通りを歩きながら、何度かリダイヤルしてみたが、やはり同じだった。

胸騒ぎがした。

ミチルはキャンパスを出ると、街路を歩いた。駅に向かうバス路線があったので、二ブロックほど歩いて、バス停を見つけた。

樹脂製のベンチに座り、リダイヤルがつながらないのを確認し、今度は彩乃の携帯の番号を表示させ、発信しようとした。

そのとき、足許に影が差した。

顔を上げると、あの桃田武秀教授が立っていた。

「藤木くん。ちょっといいかな」

ミチルは溜め息をついた。

「まだ、何か？」

ベンチに座ったまま、いった。

「新宮さんのことで、ちょっと話があるんだ」

ミチルが眉根に皺を刻む。

「彼女がどうしたんです」

「昨夜、横浜市内で怪我をして歩いているところを、巡回中のパトカーの警官に保護されたらしいんだ。警察が自宅のご両親に連絡をとろうとしたが不在で、彼女の荷物の中に学生証を見つけて大学の事務のほうに電話をしてきたそうだ。最近、君たちの噂を聞いていたからね。悪いが声をかけさせてもらった」

「警察はどこの署ですか」

「元町署だ。車で送るよ」

桃田が指差すと、その先の路肩にシルバーフレームのボルボV40がハザードランプを点けたまま停車していた。

ミチルはまた溜め息を投げた。

下心は見え見えだった。

しかしミチルはボルボの後部座席に座った。

どう考えても、自分の側に不利はあり得なかった。

桃田は黙って車を出した。

異変を感じたのは、横浜市内にそろそろ入ろうという頃だった。

トンネルに入って進んでいて、奇妙なことが起こっていた。

道路はまっすぐ延びていて、黄色いナトリウムランプがいつまでも続いて流れている。

それが五分も経過したはずなのに、いつまでもトンネルを抜けないのだ。

のみならず、トンネル内の照明がだんだんと暗くなっていくように思えた。

「車を停めて下さい」

ミチルが声をかけたが、桃田教授は黙ってアクセルを踏み続けている。

ルームミラーに映るその顔を見て、ギョッとした。

額から頬にかけて、無数に皺が刻まれていた。しかもその皺がそれぞれ波のように動いているのである。上半身がブルブルと震え始めている。

「なるほど、屍鬼になってたか」

ミチルはそういい、気を込めた。

ブレーキを作動させる。

タイヤが悲鳴を上げ、ボルボが斜めに傾ぎながら停まった。

アイドリングの音が続いている。

「さやかをどうした？」

ミチルが訊ねた。

しかし、桃田――いや、桃田だったモノは応えず、ゆっくりと肩越しに振り向いた。

その皺だらけの顔。目が吊り上がり、鼻と口が突出して、長い牙が剥き出しになっていた。

それでも、トレードマークのようなメタルフレームの眼鏡だけは長い鼻の上にひっかかっていた。

「お前とあの女の出会いは必然だった。われわれはそのときを待っていたのだ」

屍鬼はひずんだ声でそういった。

「さやかを狙っていたのか」

突然、屍鬼がけたたましい声で笑った。

「長らく正体が見えなかったが、どうやらお前と出会うことで覚醒したようだな」

車のシート越しに振り向きながら屍鬼が腕を伸ばしてきた。

ミチルはその攻撃をかわしざま、自分と屍鬼の間に視線を向ける。

空間が揺らぎ、青白く輝く球体が出現した。

その熱を浴びて屍鬼が顔を歪めた。

ジュッと音がして、腕や顔の皮膚が煙を上げ始めた。

「やめろッ」と、屍鬼が叫んだ。

ミチルは自分が作り出した〝スフィア〟のパワーをさらに高めた。

青白い光芒がいっそう強烈になって、屍鬼の上半身を焼き始めた。狭い車内に壮絶な異臭が立ちこめる。

「もう一度、訊く。さやかはどこにいる」

身をよじりながら、屍鬼がうめいた。

「あのお方が……もう連れ去った」

「目的をいえ」

「生け贄だ。大勢の目の前で女は――」

その瞬間、運転席のサイドウインドウが粉々に砕け散った。

外から車内に飛び込んできた真っ赤な球体。ソフトボールぐらいの大きさの太陽のようなものが屍鬼の頭部を破壊し、車内に四散させた。

無数の肉片と大量の粘液が飛び散る寸前、ミチルはドアを開けて、外に転がり出ていた。

立ち上がり、振り返った。

トンネルの中。斜めになって停車しているボルボが内部から燃え始めていた。

もうもうと立ちこめる黒煙の向こうに小さな影が立っていた。

デニムスカートに焦げ茶色のトレーナー。仔犬のアップリケが刺繍されている。そしてその小さな顔は――。

「北本真澄……」

ミチルがつぶやいた。

やはり彼女が引導していたのだ。

あのときの〝司祭〟のように、屍鬼を統率して街を滅ぼし、人々の恐怖や負の感情を集めて邪神を復活させようとしている。

少女のすぐ横に真紅の〝スフィア〟が揺れながら空中に浮かんでいた。

「藤木ミチル、心が動揺しているな」

しゃがれた声で少女がいった。「まるであの、十一歳のお前のようだ」

だしぬけに見透かされて狼狽えた。

もとは普通の少女だった。

それがいつしか屍鬼に取り込まれ、魂を奪われて魔物となった。

今では奴らよりも遥かにパワーを持つ存在として、屍鬼たちを操っている。

この場から逃げることは不可能だった。


彼らがいるトンネル自体が、すでに異空間となっていた。時間と空間をずらされた場所に存在しているのだ。

脱出するには、その空間を作り出した彼女を倒すしかない。

ミチルは〝発現者〟として力をつけていたが、この小さな魔女にはかなうべくもない。

「お前の怯えをはっきりと感じるぞ、藤木ミチル」

少女が薄笑いを浮かべた。

真っ赤な〝スフィア〟がすうっと空間を滑ってきて、少女の掌の上に乗った。

まるで子供がボールを持っているように見えた。

「さやかを返してもらう」

「いいとも。私を斃せたらな」

ミチルは決心した。

念を込める。脳内の松果体《しょうかたい》を意識しながら、そこにエネルギーを集めた。

忽然と自分のすぐ前に〝スフィア〟が出現する。青白く、目映ゆい輝きを放つ球体。

精神エネルギーが極大まで高められて物質化する現象。

しかもこれは自分自身の分身そのものでもある。〝スフィア〟の輝きの色はオーラの色でもあった。

ミチルの球体が青なのに比べて、少女のそれは真紅――まさしく邪の輝きだった。

「力を増したようだな」

少女がすっと目を細めた。「だが、私はもっと強くなった」

ふたつの〝スフィア〟が同時に宙を滑った。

まばゆい閃光が炸裂した。

瞬間、強烈な衝撃波が襲いかかってきた。ミチルはたまらず、後ろに吹っ飛ばされた。

急速に昏くなっていく意識の中、ゆっくりと近づいてくる少女の姿が揺らいでいる。

その口許に、不気味なほくそ笑み――。

2

朝からいやな予感がしていた。

ミチルの携帯にかけても返事がない。のみならず、新宮さやかの家に電話を入れても誰も出ない。

何かあったに違いないと思ったが、遅きに失した感があった。

港南市のミチルのマンションに車を着けて部

屋に走ってドアを叩いたが、気配もなかった。

すぐに市内にとって返し、山手町のさやかの家に向かった。

フィアットを停め、狼犬ミロを助手席に残して車外に出たとたん、〝気配〟を感じた。

いや、〝残滓〟というべきか。

奴らがここにいた。その見えない痕跡を、彩乃は全身で感じたのだ。

それはゆらぎのように足許から漂っていた。

彩乃は急ぎ足で玄関前に行き、インターフォンのボタンを押した。

しかし反応がない。

ドアノブに手をかけると、それはあっさりと回り、扉を開いた。

屋内に入り、上がりかまちから靴のままで廊下の板を踏んだ。

突き当たりは居間だった。テレビの音が聞こえていた。

ニュース番組らしい男の声。

カーペットが敷かれた広いリビングに踏み込み、彩乃は足を停めた。

白いカバーがかかったふたり掛けの椅子に座った男女の後ろ姿――背もたれに後頭部が見えていた。

白髪交じりの髪。

少し茶色に染まった女の髪。

夫婦がふたり、くつろいでテレビを観ている、そんなふうにしか見えなかった。

そこに土足で踏み込んでしまったのかと、彩乃は驚いた。

が、何かがおかしかった。

テレビの音量は低めだったし、彩乃の足音ははっきりと聞こえたはず。しかし、ふたりは振り向こうともしなかった。

壁際に設置された大型テレビの画面の中で、男性アナウンサーが淡々としゃべっている。

昨日、六月二日から二日間、開催されている〈横浜開港記念祭〉についてのニュースだった。

——三十七回目にあたる今回は、今まで以上に大きなイベントとなり、市内各地での催し物も盛りだくさん。とりわけ最終日の本日、夜の七時より横浜スタジアムに大勢の観客を集めて行われる有名歌手や海外からのゲストによるコンサートや、〈みなとクイーン〉の最終選考会は大いに盛り上がると期待されている。

彩乃は眉根を寄せた。

リビングの空気が微妙に鳴動していた。

気温も下がっている。

ジャケットの前をめくって、左脇下からスプリングフィールドM1911を抜いた。

右手で銃把を握り、左手でスライドを上から包み込むように持って、めいっぱい後ろに下げ、放した。

スプリングの力で戻ったスライドが初弾をくわえて薬室に送り込む。

その金属音がはっきりと響く。

なのに、ふたりは振り向きもしない。

彩乃はツーハンド・ホールドで拳銃をかまえながら、じりじりと移動し、ふたりの斜め前まで回り込んだ。

部屋の中の鳴動がだんだんと高まっていた。

彩乃の口許から洩れる呼気が白い。

手前に座る男は四十代の男性。紺色のガウンを着ていた。

その向こうに少し若い女性。薄紅色のパジャマ姿のままである。

間近から拳銃の銃口を向けられても、ふたりはピクリとも動かない。

彩乃はトリガーガードに添えていた人差し指を、ゆっくりと引き鉄に当てた。

ふたつのサイトの延長線上に、男の側頭部――こめかみがある。

「あなたがたは、さやかさんのご両親ですね」

そういったとたん、男の顔がぴくりと動いた。

突如、その目がクルリと回転するように動いて白目になった。

その目が黄味を帯びたのが見えた。

隣に座る女の口から、素早く長い舌が飛び出して、ぬるっと自分の顎を舐めて引っ込んだ。

「やはり遅かったか……」

彩乃がつぶやいたとたん、ふたりが勢いよく立ち上がった。

男の顔が縦に割れて、巨大な嘴《くちばし》が突出してきた。黄色い鳥の目が大きく見開かれている。

クワッと嘴を開いて飛びかかってきた屍鬼の頭と喉に、彩乃は素早く二発ずつ撃ち込んだ。ダブルタップという撃ち方だ。

怪鳥のような魔物が後ろに倒れると、入れ替わりになってその妻――だったものが襲撃してきた。

パジャマが千々《ちぢ》に裂けて飛び、膨れあがった躰が軟体動物のようにぬめり、光っている。

頭はイソギンチャクのような形をしていて、女陰じみた裂け目が左右にぱっくりと開き、無数の粘液の糸を引いた。

ハエトリソウのように開いた割れ目の中に、

彩乃は残りの四発、全弾を叩き込んだ。

奇怪な悲鳴を上げて、屍鬼が横倒しになった。

スライドが停止したM１９１１のマガジンキャッチを押して、空弾倉を振り捨てざま、ふたつ目の弾倉を差し込む。

スライドを戻し、倒れた手前の屍鬼を靴底で踏みつけ、頭と胴体に三発の・四五口径弾を撃ち込んだ。

屍鬼がたちまち青白い炎を発して燃え始める。

もう一体。

鳥の姿をした屍鬼が、フィルムの逆転のように重力を無視した状態で出し抜けに起き上がってきた。

両手だったものは羽の生えた翼となって、左右の先端は鉤爪《かぎつめ》になっている。

「さやかさんをどうした！」

怪鳥の屍鬼は愉快そうにケケケと笑う。

「お前が守るべき〝発現者〟たちは、どちらもあのお方の手中に入ったぞ。あとは生け贄になるだけだ。邪神の復活のためにな！」

「どこにいるの」

「お前がよく知っている場所だよ」

屍鬼が襲撃を再開した。

すさまじい勢いで飛びかかってくる。

彼女は落ち着いたまま、拳銃を両手でかまえて速射した。小気味よい反動とともに空薬莢が真横に並ぶように飛んでいく。

屍鬼の頭や首、胴体に着弾すると、そこが爆発したように大きく裂けて粘液が飛んだ。

異様な悲鳴を上げながらのけぞった屍鬼が、青い火に包まれて身をよじった。

彩乃は油断なく拳銃をかまえながら、灰に

なっていく二体の屍鬼を見下ろしていた。やがて銃にセフティをかけてショルダーホルスターに戻し、カーペットの上に落としていた空弾倉を拾った。

そして振り返った。

「ミチル、さやか！」

玄関まで一気に走り、ドアを開けて外に出た。


頭上の空がやけに昏かった。

腕時計を見ると、時刻は午前十時過ぎ。

雲ひとつないのに、まるで夕闇のようにどんよりとしていて、街全体が青いヴェールに包まれている。

それを見上げて彩乃は焦燥に駆られた。

異様なのは空ばかりではない。

周囲の建物も奇妙に静まりかえっていた。まるでゴーストタウンのように人の気配がない。

あれだけ銃を乱射したのだから、騒ぎになったり、一一〇番通報でパトカーのサイレンが聞こえてもおかしくない。それなのに、まるで墓場のような静寂に市街地が包まれていた。

空気そのものが変質している。

そのことに気づいた。

「あいつら……」

彩乃が歯を食いしばる。

こんなに早く始まるとは思わなかった。

足許に視線を落とす。路肩に沿って続くレッドロビンの生け垣の手前に、純白の花が咲いていた。

茎はバラのように棘があり、くねるように延びている。彩乃はつかつかと近づき、ブーツの靴先で無造作に蹴飛ばした。

ちぎれた茎から鮮血のように真っ赤な樹液が飛び散り、アスファルトの路面にしたたった。

ザイトル・クァエが地下で活性化している。

まさに御影町が〈ゾーン〉に移転し、怪異が起こったあのときのように。

最前の屍鬼の言葉が脳裡によみがえった。

――お前がよく知っている場所だよ。

彩乃がその意味を探ろうとしたときだった。

ふいにミロが吼えた。

窓を少し下ろしたサイドウインドウの隙間から、野太い声で咆吼している。

彩乃が向き直る。

昏い空を光るものが飛翔していた。

竜のような、深海魚のような長い躯体を優雅にうねらせながら、いくつもの鰭を動かし、尾鰭を振って高空を泳いでいる。

エラの辺りから長く伸びた無数の触手。そこからまき散らされる七色の鱗粉《りんぷん》が空に広がっている。

見ているうちに、空中の巨大魚はなおもうねりながら、横浜港の方面に向かって泳いでいった。

そのとき、携帯が震えた。

すぐにスマートフォンを取り出す。液晶画面には憶えのない番号が表示されている。

「もしもし？」

耳に当てていった。

――県警の神谷です。ゆうべはどうも。

「ああ」

彩乃は彼の顔を思い浮かべた。

――街が大騒ぎです。あちこちで化け物や魔物みたいな奴らが出現して、人々を襲ってます。

どこもかしこも、えらいことになってます。

「屍鬼たちの本格的な攻撃が始まったらしいわ」

――いったい、なぜ。急に？

「街の〝転移〟が始まろうとしているの。このままだと横浜は消滅するわ。私の仲間がどこかに囚われている。すぐに助けないとたいへんなことになる」

――深町さん。いま、どこに？

「山手町。これから戻るところよ」

――合流しませんか。できれば山下公園辺りで。

「わかった。すぐに行く」

通話を切って、車に飛び乗った。

いらいらした様子で車内で右往左往していたミロが、助手席に戻り、横目で見てきた。

しきりと鼻を鳴らしている。

「待たせたわね。奴らを退治にいくよ。あんたにも期待してるからね」

シフトをローの位置にぶち込み、クラッチを離しながらアクセルを強く踏み込んだ。

フィアット・パンダ４×４が野太いエンジン音を放って猛然とダッシュする。

3

「おおっ。何だぁ、ありゃあ」

港町署前で成田が上空を見上げ、叫んだ。

ちょうど頭上を巨大な竜のような怪魚が長い躰をうねらせ、通過していくところだった。

隣で茫然と見ている山西があんぐりと口を開いている。

「すげえＣＧですね。きっとありゃ、〈開港記念祭〉のイベントなんでしょう」

「ヤマちゃん。いくらCGったって、空にあれ……あんなことなんてできるのか」

「そこはそれ、技術の発達という奴で……」

キラキラと鱗粉《りんぷん》を空中にまき散らしながら、触手を揺らし、尾鰭を左右に振りながら、巨大な深海魚のような魚が空をくねり、海の方角へと向かってゆく。

やがて、その姿が彼方に小さくなり、空中にまき散らされた美しい鱗粉が雪のように漂うばかりとなった。

空が昏い。

まだ朝だというのに夕暮れのようだ。

ふいに悲鳴が聞こえて、ふたりは同時に我に返った。

道路の真向かいで、ベージュのスーツを着た若い男が、女に襲われていた。

男は仰向けに倒れていて、そこに艶《あで》やかな和服姿の女がのしかかっている。

それだけなら珍事といえるかもしれないが、その女が異様だった。

口が耳まで裂けていて、目が細く、ほくそ笑んでいるような表情に見えた。

のみならず彼女の髪がヘビのように伸びて、のたうちながら若い男の首を締め付けていたのだ。

手ではなく、たしかに髪の毛だった。

その証拠に、着物の裾《そで》から延びた白い両手は左右に掲げられたままだ。

成田が走った。

山西もあとを追う。

「そこで何をやっとるんだ！」

怒鳴った成田に、女が振り向く。

耳まで切れたような口を吊り上げて、女がニヤリと笑った。

びゅんと音を立てて、女の長い髪の毛が宙を滑るように伸びてきた。

それが山西の喉首に巻き付いた。

成田が振り返る。

相棒の刑事は大きく目を剥き、苦しそうに自分の喉を捉えたそれを掴んで引き離そうとしている。

成田はどうしようかと迷った。

着物を着た女のところにいって、拳を振るって顔を殴りつけた。女はのけぞったが笑ったままだ。

「お、おやっさん！　苦しい……」

山西のうめき声を背後に聞きながら、成田は女の着物の胸ぐらを掴むと、柔道の払い腰で投げた。

アスファルトに叩きつけられた女が愉快そうに笑った。

とたんに山西の首を絞めていた髪の毛が離れた。寄り目になってへたり込みそうになった山西をとっさに支える。

また悲鳴が聞こえた。

少し離れた場所。歩行者用信号が明滅している横断歩道の途中で、中年女性が巨大なエビかザリガニのような怪物にのしかかられていた。

女はじたばたと暴れて逃げようとしたが、怪物は前肢の先端にある大きなふたつのハサミを振りかざすと、素早く女の喉を突き刺した。

鮮血が飛び散った。

「これって、ホラー映画の宣伝じゃないっすよね」

「当たり前だ」成田の声がかすかに震えていた。

「奴らは本当に存在したんだ」

「奴ら？」

「屍鬼とかいう魔物どもだよ」

そう答えて成田は足早に歩いた。

山西があわてて追う。「どこ、行くんですか」

「黙ってついてこい」

そういって彼は港町署に入った。


一階フロアはパニックだった。ひっきりなしに電話が鳴って、地域課の警官や女性警官たちが応対している。

一一〇番通報は県警本部のコールセンターで入電するが、おそらく回線がパンクしているのだろう。

だから市民たちは港町署直通の電話番号にかけてきているのだ。

それも全員が全員、常軌を逸した異常事態の報告である。

電話をとる署員たちの顔が緊張の色に染まっていた。

化け物や怪物、魔物にモンスター。

何をどう対処していいのかわからないのだろう。

成田は二階への階段を一気に駆け上がった。

刑事部屋にたどり着くと、〈課長〉のプレートがあるデスクの前に足早に向かった。

電話の子機を戻したばかりの港町署刑事課長の鹿山《かやま》が、黒縁眼鏡の顔を上げる。

「成田くん、どうしたんだね、血相を変えて」

「拳銃携帯の許可を願います」

「おやっさん、それ、マジっすか」

傍らから山西が口を出してきた。

振り向きざまに成田がいった。「あんな奴らに素手で勝てると思うのか、莫迦野郎が」

「し、しかし――」

成田は課長のテーブルに両手を突いた。

「これからすぐに警務課の保管室に行きます。いいですね」

すると鹿山課長がうわずった声で訊いた。

「携帯の理由ぐらいは教えてくれないと……」

一瞬、成田の目が泳いだ。

「そら、まあ。その何だ。何というか」

咳払いをひとつして、いった。「当然、市民の安全を守るためです。外の街で起こっている騒ぎはご存じでしょう?」

「市民というか自分のためじゃないのかね」

テーブルをバンと叩いた。課長が飛び上がりそうになった。

「いいから、許可を!」

「わ、わかった」

鼻の途中までズリ落ちた眼鏡を指先であげて、鹿山がそういった。

その間、課内の電話は鳴りっぱなしだった。どこか外でまた、女の悲鳴のようなものが聞こえた。

4

山下公園が見えてくると、ホテル・ニューグランドの向かい側、路肩でハザードを点滅させている灰色のソアラが見えた。

ちょうど救急車が派手なサイレンを鳴らしな

がら、そのすぐ横をすり抜け、彩乃のフィアットとすれ違っていった。歩道を人々が走っている。

街の異変は明白だった。

あちらこちらで異様な姿をした屍鬼たちが人々を襲撃していた。

昆虫や軟体動物といった生物の姿をした屍鬼。ゾンビや幽霊、狼男など、ホラーストーリーや映画に出てくる異形の姿もある。

人それぞれによって恐怖の対象がさまざまだ。だから、屍鬼の種類は人の数ほどもある。

ソアラが発進した。

車道に停めた彩乃のフィアットに横付けするように停車する。

ウインドウが下りて、神谷が顔を出した。

青ざめた表情だった。

「こんな騒ぎになるとは……」

彩乃も車窓越しにいった。

「神谷さん。私たちと戦う気があるのなら、いっしょにいらっしゃい」

一瞬、黙った神谷が、小刻みに何度もうなずいた。

「戦います」

「だったら、こっちの車に乗って」

神谷が途惑った。

「自分の車をここに置いていくわけには……」

「莫迦ね。街じゅうが異常な状況に追い込まれているのに、車をどこに置いたって誰も見向きもしないでしょ。いっしょに行くのなら、早く乗って」

ソアラの運転席から下りた神谷が、フィアットの後部座席に乗り込む。

その重みで車が一瞬、沈んだ。

バタンとドアを閉めるや否や、彩乃はアクセルを踏み込んだ。

ちょうど路肩から飛び出してきたサボテンのような姿——無数の棘に覆われた化け物をフロントでまともにはね飛ばし、彼女は車を加速させた。

「神谷さん。拳銃は携行してる？」

「はい。いちおう」

スーツの前を開けてみせる。ミラー越しに見ると、黒い中型のオートマチックの銃把がある。最近、私服刑事が携帯するようになったシグ・ザウエルＰ２３０ＪＰのようだ。

彩乃はうなずいた。「でも、その官給のピストルじゃ、奴らには非力かも」

「だったら、どうすれば？」

「まさか、こんなことになるとは思わなかったけど、それなりの準備はしてあるの」

そういって彩乃はステアリングを回した。

前方から突っ込んできた大型トラックをからくもかわし、反対車線に飛び出してから、赤信号を左に曲がった。

座席のヘッドレストにしがみついていた神谷が、くぐもった声を洩らした。

「今のは——？」

いま、すれ違ったトラックの運転席。ドライバーの首に髪の長い女がかじりついていた。おそらく彼の妄念が作り出した屍鬼——吸血鬼だったのだろう。

ドライバーはすでに事切れたような顔をしていて、必然的にトラックは暴走をしていたのだった。

走り続けるフィアットのずっと背後で、鈍い衝突音が聞こえた。

立ち上る黒煙がミラー越しに見えている。

＊

首都高狩場《かりば》線の高架をくぐり、南東方面に向かっていた。

道路はあちこちで車が停まっていて、彩乃はステアリングを切って避けねばならず、中には路肩で炎上している車輛もあった。

そんな中、人々が大勢でパニックに陥って走り回り、屍鬼に襲撃されていた。

〈新山下二丁目〉の交差点を、赤信号を無視して左折した。

ここは道路いっぱいにトラックなどが渋滞したかたちで停まり、進む様子もない。

道が狭くなっているし、彩乃は仕方なくフィアットを歩道に乗り上げ、路肩走行を開始した。

ふたたび見えてきた狩場線の高架を前に右折し、高速道路と併走する。

「そもそもの端緒は何だったんです？」

後部座席から神谷が訊いてきた。

「端緒？」

「すみません。警察官の癖です。ことの始まりはどういう？」

彩乃は路面に倒れたバイクをかわしながらいった。

「もともと屍鬼たちは、この街のあちこちに潜んでいた。それを狩り出すのが私の仕事だったわ。でも、あるとき、小さな女の子が仕事を依頼しに私のところにやってきた。自分の父親が屍鬼になったことに気づいてしまったのよ」

「可哀想に」

神谷がつぶやいた。

「その子の父親になりかわった屍鬼は、いままで私が仕留めてきた雑魚のような連中とは明らかに違っていた。〈みなとメディア・コミュニケーションズ〉という市内の企業でチーフ・プロデューサーをやっている男なのだけど、どうも何かを企んでいるようだったわ」

「ちょっと待って下さい。〈みなとメディア・コミュニケーションズ〉のチーフ・プロデューサーっていったら、西島直之氏のことじゃないですか」

彩乃は驚いた。「知ってるの？」

「高校時代の同級生でした」

「マジ？」

彼はうなずいた。

「二年前だったかな。県警のＰＲビデオの制作があって、総務部の担当が依頼したのが〈みなとメディア・コミュニケーションズ〉でした。その打ち合わせに来た西島と、庁舎でばったり鉢合わせしたんです。以来、何度か飲みました」

そういってから、神谷はまた昏く沈み込んだ顔になる。「あの西島が屍鬼に……」

ふっと顔を上げて、彼はいった。

「いま、女の子っていわれましたよね」

「そうよ。西島志穂という名前で、港東中の一年生だといってたわ」

「西島の子供は男の子がふたりだけです」

「え」

彩乃は思わず急ブレーキを踏んだ。

助手席のミロが顔をフロントにぶつけて、文句の声を放った。

「それは本当なの?」

「間違いないです。再会して、何度か彼の家に遊びにいきましたから。奥さんの弘子さんとの間には、亮介《りょうすけ》くんと光太《こうた》くんというふたりの男の子がいます。港東小学校の二年と四年の兄弟です。女の子はいませんでした」

彩乃は茫然となって神谷から目を離した。

「じゃあ、あの志穂という子は……」

ふっと眉根を寄せた。

少女の無垢な顔を思い出した。

父親を何とか助けたいという純真な思いが伝わってきた。

だから、彩乃は依頼を引き受けたのだ。

それがすべて〝演技〟だったというのか。

ふと、西島志穂のイメージを、あの北本真澄の姿に重ねてみた。

してやられた。そう思った。

屍鬼たちは最近になって力をつけてきた。それはこの街を侵略するためだったのだろう。

そして、〝守護者〟である彩乃や、屍鬼レーダーだった狼犬ミロの目と鼻を欺く何らかのすべを身につけていたのだ。それにまんまと騙された。

あの雨の夜、屍鬼を倒したところをどこかで少女に見られていた。

そのことに彩乃が気づかなかったのは、偶然ではなかったのだ。

そして西島の娘になりすました彼女が、わざわざ彩乃に接近してきたのは、おそらくミチルの居場所を知るためだった。だから屍鬼である西島が港南市に向かっていたのだ。

しかし、そこで奴らはさやかという別の〝発現者〟の存在を知った。そして計画を変えたに違いない。

彩乃はふと、もうひとつの事実に気づいた。

あの西島に成り代わった屍鬼がいったい何をしようとしているのか。志穂に依頼され、西島の身辺調査をし、〈みなとメディア・コミュニケーションズ〉を調べているとき、あの会社が今、開催されている〈横浜開港記念祭〉の映像部門を担当していることを知った。

――お前がよく知っている場所だよ。

屍鬼の言葉を思い出す。

ミチルたちはきっとあの社屋ビルだ。

そこでふたりを生け贄とし、邪神の復活を成し遂げようとしているのだ。

そして横浜の街全体が〈ゾーン〉に転移させられてしまう。


「奴らはローカルメディアを使って、この街を乗っ取ろうとしているんだわ」

「どういうことですか？」

神谷が座席の間から顔を突き出してきた。

「市内全域に広がるケーブルテレビやネットなどのメディア。その情報網を駆使して大勢の市民たちの意識をコントロールし、恐怖や絶望といったネガティブな感情を引き出す。そして一気にそれを収束し、太古の神を復活させるエネルギーに変換する。そのためにふたりは拉致された」

「まさか、そんなことが！」

彩乃は神谷を見つめた。

「これからフル装備で魔の牙城に乗り込む」

「だったら俺も行きます」

「フィアンセの仇討ち？」

「ダメですか」

「いいえ」彩乃はそういい、またアクセルを踏み込んだ。「いっしょに来てもらう」

5

闇でも光でもない。

ここには暗さも明るさもなかった。

羊水《ようすい》の中を漂っているような浮遊感があった。

立っているのか横たわっているのか。

明暗もなく、上下感覚のまるでない世界に漂っている自分をずっと意識していた。

心地よくはなかった。

むしろ不安だった。

この感覚はなんだろう。

藤木ミチルは顔をしかめた。

記憶が混濁していた。

自分が尋常《じんじょう》でない状況にあることだけはたしかだ。

それが何なのか、判然としない。

しかしこの感覚には憶えがあった。かつて御影町と呼ばれた街——魔の空間となったあそこで〝司祭〟と呼ばれていた男に囚われていた。そのときの感覚によく似ている。

しかしあの魔人は死んだ。

魂とともに地獄に墜《お》ちていった。

道化師の姿をとった悪魔もまた、完全に消滅した。

そして今、かれらのように屍鬼どもを操り、邪神をよみがえらせるために街を消滅させようとしている存在——それはあの少女だった。

北本真澄。

または、三田村由香と名乗っていたこともある。

そうだ。

自分はあの魔にとりこまれた少女と対峙していた。

そして戦い、破れたのだ。

だからあのときのように、現実ではない特殊な空間に閉じ込められているのだろう。

——くくく……。

含み笑いの声。

少女のものだった。

ミチルは目を開く。しかし何も見えない。

だが、存在は感じる。

おぞましく邪《よこしま》なものが、すぐそこにいる。

ゆっくりとその姿が浮かび上がってきた。

可愛い仔犬のアップリケ。デニムのスカート。

小さな白い顔に笑みが浮かんでいる。

ふいにその顔の一部がメリッと音を立てて裂け、そこから緑色の蔦のようなものが伸びてきた。

ヘビのようにくねりながら出現したそれは、いくつかの葉を広げ、そして白い花を先端に咲かせた。

たちまち花の香りが漂ってきた。

しかし、その匂いには死の気配が混ざっていた。

——くく……。

また含み笑いがした。

「お前自身がそうだったのか。あの死の植物ザイトル・クァエそのものだったんだな」

ミチルがそういった。

御影町のときも、そしてこの横浜の市内も、怪異が起こると同時にあちこちから植物が生えて花を咲かせた。

人々の恐怖や絶望の感情をエネルギーとして、それはさらに根を広げ、巨大化していった。

だからてっきり本体は地下にあると思っていた。

――お前たちの抵抗も、そろそろ力尽きる。ここまで来るのに、長い年月がかかった。

「ずっと昔から、頼城《らいじょう》茂志《しげし》やねえさんのような〝守護者〟がぼくらを守ってきたからだ」

――それだけではない。この地球と呼ばれる星は、あらゆる手段でわれわれの復活を阻止してきた。〝発現者〟という存在が出現したのは、惑星そのものがガイアというひとつの巨大な生き物だという証拠だ。自分自身を守る抗体、あるいは白血球のように、毒物や異物を排除するべく、お前たちを作り出してきた。そのことを人間自身も実はわかっていた。

「わかっていた？　まさか」

少しの間、沈黙があった。

北本真澄の冷ややかな視線は相変わらずだった。

――ラヴクラフト……ダーレス……クラーク・アシュトン・スミス……。いろいろな小説家がクトゥルー神話と呼ばれる世界観を共有する小説を発表し、それを受け継ぐ形で、いまはさまざまなメディアにまではびこっている。それがその証拠だ。

「つまり、彼らは警鐘していたと？」

――だから、われわれは人類そのものの退廃を待たねばならなかった。

退廃。

そういわれてミチルは驚いた。

魔物が何をいおうとしているか、理解したからだ。

――戦争。テロ。そして独裁者の台頭。人間たちは自分自身で堕落を選んだ。愚民化し、独自性を失い、個性を捨てて、群れとなって破滅への道をたどり、死の行進を始めた。われわれが手を貸さずとも、じきに人類は滅びる。環境破壊。それに核戦争。地球という星を道連れにしてな。だが、わが旧支配者はそれを望まない。人間どもが勝手にいなくなるのはけっこうだが、この星は……宇宙でもっとも美しい地球という惑星は、大いなる神々の手に戻さねばならないからだ。

北本真澄はすっと目を細めた。

――だから、今宵、計画を実行する。深い海の底に眠るあの方を呼び覚ますために。

そのとき、ふいに桃田教授に変身した屍鬼の最後の言葉を思い出した。

（生け贄だ。大勢の目の前で女は――）

奴らの目論見がわかった。

「お前たちは、まさかさやかを？」

少女がまたふっと笑った。

――そうだとも。彼女は邪神復活のために死ぬ。

「だったらぼくは……」

――お前も同じ運命だ。しかしその前に、ひとまず別の役に立ってもらう。

〝守護者〟の女をおびき寄せて片付けるための囮としてな。

そういって口を閉じ、少女の姿がふっと遠ざかり始めた。

くくく……。

含み笑いのかすかな声だけが空間に残された。

6

横浜の街を覆う闇はさらに濃くなっていた。

街のあの騒ぎは、さすがにここまでは伝わってこない。

静かだった。

海鳥が舞うヨットハーバーは、モノトーンの中にすっかり沈み込んでいる。波は穏やかで、鉛色の海が穏やかに波打っていた。

突き当たりにある〈CJ's BAR〉の前にフィアットを停めて、ドアを開ける。

彩乃に続いてミロが飛び降りた。

最後に後部座席から神谷が下りる。

彩乃が振り返ると、店のネオンサインは暗く、しかし窓明かりだけは灯っている。

ドアを開き、店内に入ると、黒いコートを床に流した黒沢恵理香がカウンターのストゥールに座っている。

ウイスキーなど酒類が並ぶバックヤードの棚の照明の前には、ジャック・シュナイダーの大柄なシルエットが浮かび上がっている。

流れる音楽はなく、店内は沈黙に領《りょう》されていた。

床板を鳴らしてふたりはカウンターに歩み寄った。

「ジャック。また武器を借りるわ」

「シュア」

彩乃の問いかけに店主がうなずく。

バックヤードの棚をずらし、秘密の扉を開く。

「え……」

神谷がさすがに驚いていた。心底、たまげた表情をしている。

そこにずらりと縦に並ぶ銃器類の数々。ジャックが照明を点灯すると、ガンブルーが異様に光る。ガンオイルの強烈な匂いが漂ってきた。

「どれも手入れはすんでいる。好きなものを選んでくれ」

ジャックにいわれて彩乃はカウンターの中に入った。

銃架に立てかけられている無数の銃器の中で、迷わず手にしたのは、レミントン社M870ショットガンをソウドオフにしたものだ。

かつてミチルの最初の〝守護者〟だった頼城茂志が使っていた、同タイプのソウドオフ銃である。

彼は銃身のみならずチューブ弾倉まで切って短くし、携行性を高めていたが、ジャックが所有しているものは弾倉はノーマルのまま、銃身とストックだけを短くしている。だから、薬室を入れて合計六発の十二ゲージのショットシェルが装填できる。

「恵理香。あんたはいつものか？」

「もちろん」

コート姿の彼女は、いちばん右端に立ててあったスコープ付きのライフル銃を手にした。

レミントンM700だった。

ボルトを引いて薬室と弾倉が空なのを確かめ、足許に置いて立てかけた。

拳銃は前と同じくSW1911を選んだ。スライドを引いて戻し、薬室の中が空なのを確認

OLD CROW

し、ハンマーをダウンさせてホルスターを腰につける。

「CQB（近接戦闘）用にM4A1カービンがいるわ」

ジャックがそれを取って恵理香に渡した。

受け取った彼女は手馴れた仕種でチャージングハンドルを引き、薬室を確かめ、放した。

フレーム上に装着されたダットサイトのスイッチを入れ、すくっと肩付けの姿勢でかまえて、レンズに投影された赤い光点の状態を確認する。

「ダットサイトはC－MOREだ。銃身の脇にレーザーサイトも装着しておいた。役に立つと思うよ」

ジャックにいわれ、もう一度、かまえながらグリップ近くのスイッチを拇指で押す。

少し離れた店内の壁に緑色の小さな光点がポツリと現れた。

「狙点の距離は？」

「ダットサイトもレーザーも、ともに八十ヤード」

「OK」

それからジャックは銃架の下の抽斗を開け、モスグリーンの鉄箱を出した。アンモボックスと呼ばれる弾薬箱だ。

「弾薬はどれぐらいいる？」

「ありったけ」

ジャックが笑う。「おまえらだけで戦争でも始めるつもりか」

「もちろん、そのつもりよ」

彩乃と恵理香は抱えきれるだけのアンモボックスを持って、店のテーブルに運んだ。そして

ふたり、向き合うように座り、銃を横たえ、弾倉にそれぞれの弾丸を装填し始めた。

＊

てきぱきと馴れた様子で戦闘準備をするふたりの若い女性を、神谷はただひとり、惚《ほう》けた顔で見つめていた。

「あんたはどうする？」

ふいにジャックにいわれ、神谷が狼狽える。

「自分には……これがありますから」

脇の下、ホルスターに吊るした官給の拳銃を見せた。

ジャックが片目を眇《すが》めた。「シグ・ザウエルP230か。口径は？」

「・三二口径です」

「非力な武器だな」

ジャックが鼻で嗤った。

「ひ弱な相手ならそれで充分だが、ヤクで神経がイカれた相手じゃ役立たずもいいところだ。ましてやモンスターどもはな。まあ、ジャパニーズ・ポリスにはそれぐらいが限界なんだろう。だが、今度の相手はちょっと違う。もう一挺ぐらい何かを持ってけ」

いわれて神谷が途惑っていた。

「だったら、あの……グロックとかはありますか？」

生半可な知識だったが、ふいに脳裡に浮かんだ拳銃の名を口にしてみた。

「グロックは最高の性能を持った拳銃だ」

そう、ジャックがいった。「だが、俺は嫌いだ」

「え？」

「最近はアメリカの警官も、どいつもこいつもグロックを使いやがる。だが、俺は、絵心もないガキが下手くそに描いたような、あのセンスのへったくれもない角張ったデザインが気にくわん。だから、うちでは絶対に扱わない」

「そ、そうなんですか」

背後に座る彩乃が彼らの会話を聞いていたらしい。クスッと笑っていった。

「ジャックの腕の入れ墨を見て」

店主が左手のシャツの袖をまくった。常人の太股ほどある毛むくじゃらな腕。

そこに拳銃の形を描いた入れ墨があり、こう記されていた。

〝COLT45〟

「ジャックは時代遅れのガンマンなのよ。ジョン・ウェインやヘンリー・フォンダみたいな」

そういって彩乃が笑っている。

思わず食い入るようにタトゥーを見つめていると、ふいに袖を下ろされた。

驚いた拍子に、何かを押しつけられた。

「こいつを持っていけ」

反射的に受け取った銃がズシリと重たい。

リボルバーだった。それも銃身が長く、全体的に骨太なデザインだ。

グリップは胡桃《くるみ》らしい木製で、チェッカリングが荒々しく刻まれていた。

「スミス&ウエッソンM29だ。口径は・四四マグナム」

「あ……」

「そう。あの〈ダーティハリー〉が使った名銃だよ」

「いったい、こんな銃をどうするんです」

「標的に向けてぶっぱなしゃいいだけだ。相手は間違いなく、地獄の果てまでぶっ飛ぶぜ。ゴー・アヘッド・メイク・マイ・デイ！」
そういってジャックが気障《きざ》に片目をつぶってみせた。

＊

薄暗い天井に向かって立ち昇る紫煙の下、照明に照らされた木造りのテーブルを囲み、三人は黙々とマガジンをとっては弾丸を一発ずつ込めていた。

静寂の中、彼らの手許で金属音が絶え間なく続いている。

彩乃は迷彩柄のタンクトップ姿で、くわえ煙草のまま、スプリングフィールドM1911の八本の弾倉を・四五オートの弾丸でフル装填した。

M870ショットガンに使う十二ゲージの散弾は、チューブ弾倉に五発を込め、残りの三十発を腰に巻く弾帯にひとつずつ差し込んでゆく。

それらとは別に、同じ口径で散弾ではない一粒弾《スラッグ》も十発。すぐに見分けがつくように色違いの薬莢を弾帯のループに差して並べた。

恵理香は黒装束のような戦闘服に着替えていた。

レミントンM700ライフルの固定弾倉に・三〇八ウインチェスターを五発、装填し、ボルトを戻した。それから予備の弾丸を五発、革製ストックカバーのループに差し込んでいく。残る二十発は腰のポーチに入れた。

サイドアームとして使うSW1911の・四五オート弾は三本の弾倉にそれぞれ八発ずつ。

そしてもっとも実戦的な銃、M4A1カービンで発射する五・五六ミリ弾は、弾倉に三十発ずつ。

それを全部で五本、フル装填し、それぞれテーブルの上でトントンと叩いて弾丸のならびをそろえている。

神谷はふたりの横で・四四マグナムの大きな弾丸を六発ずつ、スピードローダーと呼ばれる器具に差し込んでいた。

リボルバーの弾倉に、いちどきに六発を装填できるツールだ。

三人の作業を、カウンターの向こうからジャックが眺めていた。

「おまえら、少しは節約して使えよ。全部、銀弾にするのにえらく手間と金がかかったんだ」

パイプをくわえてライターで火を点けながら、ニヤニヤ笑っている。楽しくて仕方ないのだろう。

「もちろん節約するわ」と、彩乃がいった。

「可能なかぎりね」

ニコリともせずに恵理香がいい足した。

ふたりのリアクションを前に、ジャックがわざとらしく肩を持ち上げてみせた。

弾倉への装填がすべて終わると、彩乃は自分の肩を拳で軽く叩き、首を回した。

くわえっぱなしですっかり短くなった煙草をむしり取り、灰皿の中で揉み消した。それから、目の前に装填済みの弾倉を積み重ねながら、ふといった。

「うかない顔をしてるわね」

神谷は黙っていた。

「法を遵守する警察官だから、こういうことに途惑っている？」

彼は唇を咬んだ。かぶりを振る。

「何が何だか未だにわからず、不安なんです。それに……本当は怖い」

「屍鬼たちのこと？」

神谷はうなずいた。

「自分の婚約者、それに上司。街の人々が次々と化け物になっている。それもある日突然に、です。自分がいつ奴らにとりこまれるか。それを考えると……」

彩乃は小さく笑みを浮かべた。

「屍鬼は人の心の闇につけ込んでくるの」

「心の闇……ですか」

「恐怖とか憎しみ、欲望などの妄念。それに意思の弱さも、奴らは敏感に察知するわ」

「自分はどうなんでしょうか」

「見た目はともかく、意外にしっかりしてる。

それにあなたには奴らを倒すという目的がある。婚約者を奪い去った憎い敵を殲滅《せんめつ》する。だから、私のところに来たんでしょう？」

神谷はハッと顔を上げ、彩乃を見つめた。

「そうでした」

「ならば大丈夫。心に隙がなければ、屍鬼にとりこまれることは絶対にないわ」

「そういっていただけると心強いです」

彩乃は立ち上がった。

テーブルに置いた弾倉を、次々と腰のポーチに差し込んでいく。

恵理香もM４Ａ１の弾倉を二列ずつ並ぶマグポーチに入れてベルクロで蓋をした。

神谷は・四四マグナム弾を六発ずつ装填したスピードローダーをそれぞれ左右のポケットに入れた。重みでスーツの上着がしなるが、こればかりは仕方がない。

彩乃と恵理香が小型のトランシーバーを腰のポーチにセットする。左耳にブルートゥースで繋がれたハンズフリーマイクを装着した。

「相互の連絡はいつものチャンネルでいいわね」

恵理香がうなずき、スイッチを入れて「ＯＫ」とマイクにいう。

彩乃がサムアップを返した。

ネットのハッキングでダウンロードした〈みなとメディア・コミュニケーションズ〉社屋ビルの図面を見ながら侵入計画を練っていると、ジャックがバーボン・ウイスキーとグラスを四つ、持ってきた。

テーブルの上でそれぞれに注ぎ、彩乃、恵理香、神谷に渡すと、最後に自分のグラスに注いで手にした。

「レディース・アンド・ジェントルマン、グッドラック！」

ジャックの音頭で全員がグラスを重ね、あおった。彩乃が琥珀色の酒を一気に喉に流し込んだ。続いて恵理香。

神谷がひと口だけでむせた。しきりに空嘔《からえずき》をくり返している。

酒が飲めないといったのを、彩乃は思い出して、少し笑った。

店の外に出ると、街は完全に闇に覆われていた。

まるで夜だ。しかし星も月もない。

暗い海の向こうに、横浜の街明かりがあった。きらびやかな光が漆黒の波間に映って揺らいでいる。

どこかで火災が起こったらしく、空が赤々と照り映えていた。

三人でそれを見ているうちに、風が吹き、どこからともなくかすかな腐臭が漂ってきた。

屍鬼どもの臭いだ。

「いくわよ」

ショットガンを無造作に胸に抱えた彩乃がいい、二挺の銃をまとめて肩掛けした恵理香が黙って拇指を立てる。

神谷がうなずいた。

三人で車に乗り、出発した。

戦いが始まろうとしていた。

7

市街中心部に向かうにつれ、想像を絶する状況があちこちに見られるようになってきた。

街路に転がった無惨な死体や、ビルの壁面に飛び散った鮮血。路上に横たわった腕。

そして徘徊《はいかい》する屍鬼たちの影――。

彩乃はそんな中、フィアットを飛ばして走らせた。

路上の至るところに、あの死の植物が茎を生やし、中には蔦のように建物の壁面に這い上がっているものもある。

それらから咲く花は、純白から今や血のような真紅になっていた。つまりそろそろ事態が最終局面を迎えようとしているということだ。

横浜スタジアムの前を通過するときは、さらに異様な雰囲気だった。

ふだんはあれだけの通行人がいるこの近辺がまったくの無人で、野球場はまるで閉ざされたように静まりかえり、当然のように人の出入りは皆無だった。

たしかここでも〈開港記念祭〉の大きなイベントが開かれているはずなのだが、すでに誰もいなくなったのかもしれない。

市役所近くの通りに車を入れると、すぐに十階建てのガンメタリックな建物が見えてくる。〈みなとメディア・コミュニケーションズ〉の社屋ビルだ。

屋上に無数のアンテナが林立している。

街路は真っ暗なのに、社屋ビルの窓明かりだけはあちこち煌々と灯っていて、闇の中に浮き出しているようだ。

空はさらに漆黒の闇に覆われていた。

しかも、ときおりオーロラのように極彩色の怪しい光がまたたき、揺らいでいる。

「まずいわ。〝転移〟が始まろうとしている」

ステアリングを握ったまま、彩乃がつぶやく。

「どうなるんです」後部座席から神谷が訊いた。

「〈ゾーン〉という亜空間に移されたら、もう二度ともどれない」

神谷が言葉を失っている。

ビルの真向かいにフィアットを停めて、ドアを開いた。

彩乃はショットガンを持って車外へ。すっくと立つと革製のスリングで肩掛けした。

すぐに助手席から狼犬ミロも飛び出す。

後部座席に乗っていた恵理香がライフルとM4A1カービンを肩掛けしながら車から下り立つ。ダークな戦闘服が彼女に似合っている。

反対側のドアから神谷鷹志が出てきた。

彼はふたりの恰好を見て肩をすくめた。

「自分たち、まるでサバイバルゲームでもやりそうな恰好です」

すると彩乃がニコリともせずにいう。

「まさにサバイバルゲームね。それもきわめてリアルな。街じゅうがこんなになったから、今はこんなふうにランボーみたいな恰好をしたって誰も見向きもしないわ」

ふいに甲高い声がして、三人は頭上を振り仰いだ。

昏い空に鳥たちの影があった。

帆翔するように何羽かがゆっくりとそれぞれの弧を描いている。

「あんなに鳥が……」

神谷がつぶやいた。

「鳥じゃないわ」

恵理香がいうので神谷が驚いている。

よく見ると、鳥はいずれも大鷲よりも巨大で、しかも頭部が人間のそれだった。

般若のような顔でけたたましい笑い声を発しながら、何羽かがふいに急降下してビルの向こうに消えた。

遠くで人の悲鳴が聞こえた。それも複数。

向き直った。

ガンメタリックの十階建てのビルを見上げる。その壁面にまるで蔦のようにザイトル・クァエの茎が無数に這い上り、あちらこちらで真紅の花を咲かせていた。

彩乃は悟った。

ミチルはここにいる。それを強く感じる。

「行きましょう」

彩乃が三段の階段を駆け上り、ビルの正面入り口に向かう。

ミロがあとを追い、恵理香と神谷が続く。

自動ドアがサッと開くと、玄関ホールに薄暗い照明が光っていた。

左手の壁際に受付コーナー。右側はエレベーターが三基並んでいる。

受付カウンターにはベージュのスーツ姿で若い女性が座っている。やや俯きがちにじっと人形のように動かずにいる。

それを見て、彩乃は緊張した。

傍らにいるミロが低く唸った。マズルに無数の皺を寄せ、背中の毛を立てている。

明らかに異常だった
三人と一頭が入ってきても、受付嬢はこちらを見もしないのである。

「いったいこれは……」

後ろで神谷がつぶやく。

悪魔の牙城に飛び込むや否や、意表を突かれてしまったのだろう。

「騙《だま》されないで」

彩乃が低くいった。

両手でショットガンをかまえた。素早くフォアグリップを前後させ、初弾を装填する。

そのままじりじりと近づいていく。ミロが唸りながら従った。

恵理香がスリングで肩掛けしていたM4A1カービンのチャージングハンドルを引いてから、腰だめにかまえた。

神谷もあわててM29リボルバーを取り出し、ぎこちなく両手でかまえる。

正面立ちだ。警察で習った射撃姿勢なのだろう。しかしそれではマグナムの反動を受けきれない。

彩乃は目を離し、なおも前進した。

受付カウンターまで、あと数メートルになった。

スーツ姿の受付嬢は俯いたまま、微動だにしない。

ボブカットの髪。鼻筋がよく通ったモデルのような顔立ちだった。

彩乃はさらに接近した。

M870のソウドオフした銃身が、受付嬢の顔のすぐ前にあった。

足を停めた。

「お客様。いらっしゃいませ」

ふいに受付嬢がいった。

笑顔はなく、相変わらずの無表情。斜め下に俯きがちのままだ。

彩乃は眉根を寄せた。

「映像部門チーフ・プロデューサーの西島はどこ？」

「失礼ですが、西島とのアポイントはとってられますでしょうか？」

受付嬢の唇がまったく動かないのに気づいた。なのに流暢な口調。

「悪いけど、アポイントはなしよ。マイケル・ムーア流にやらせてもらうわ」

「あいにくですが、弊社《へいしゃ》では予約なしのご面会はお断りさせていただいております」

「だったら強行突破させていただくまで」

彩乃がそういった刹那、受付嬢が急に顔を上げた。

クイッと顔をねじるその独特の動きは、あまりにも素早く、まるで文楽《ぶんらく》人形のようだった。


目が、死んでいた。

生気を感じさせない眸が鈍い輝きを見せている。表情はまったくない。まさに人形そのものだった。

彩乃が硬直した。

ふいに女が口を開いた。

まさに文楽人形の鬼女のように目を剥き、ギザギザの歯が無数に並んだ口を大きく開け放って、悲鳴のような奇怪な声を放った。

同時にベージュのスーツがズタズタに破れ、胴体の左右から肋骨のようなものが無数に飛び出した。

それらの先端は槍のごとく鋭く、素早く左右から中心に向かってカーブしながら彩乃を襲う。

両側から同時に串刺しにされる寸前、彼女は跳び退《すさ》った。踵がフロアに着く前に、M870

の引き鉄を絞った。

轟然と火を噴くショットガン。

巨大に湾曲して交差した肋骨状の槍衾《やりぶすま》が粉々に粉砕され、受付嬢だった屍鬼が青と緑色の粘液を派手に四散させ、のけぞった。

すかさずポンプアクション。二発、三発、四発と受付カウンターごとぶち抜いた。

大粒の散弾を大量に浴び、後ろに吹っ飛んだ屍鬼が壁際の社内案内図に叩きつけられ、粘液と肉塊の斑模様を描きながら、ずるずると床に落ちてゆく。

ふいに青い炎を発して燃え始めた。

彩乃はフォアグリップを操作して空薬莢を排出した。煙にまみれて飛んだプラスチックのケースがリノリウムの床に落ちて弾む。

すかさずショットガンを裏返しにし、上向きになったローディングゲートから五発のショットシェルを弾倉に一発ずつ押し込んで装填する。フルロード状態になったM870の上下を戻し、腰の辺りでかまえた。

そのとき、エレベーターが到着するチャイムが、のんきに「ポーン」と聞こえた。

三人がいっせいに振り向く。

サッと横開きになったドア。しかし誰も出てこない。

しかし、彩乃は悟った。中に屍鬼がいる。

ミロが吼えた。

突然、エレベーターの中から黒い蜘蛛が飛び出してきた。

胴体が大型犬ほどもあり、四本の長い脚がそれぞれ三メートル近くありそうだ。緑色に並ぶ複眼の下に大きな牙を開いた口。そこから奇怪な叫び声が放たれた。

一瞬、彼らは大蜘蛛とにらみ合った。

社員の誰かが変身したのだろう。頭部の首に相当する場所に、ストライプ模様のネクタイが引っかかって垂れ落ちていた。

M4A1カービンを肩付けした恵理香が、レーザーサイトの光点を合わせながらフルオートマチックで発砲した。

ただし引き鉄を絞りっぱなしにせず、数発ずつ小刻みに撃つ。

蜘蛛の頭部や脚、胴体に着弾の飛沫が飛び散る。

大蜘蛛の動きが止まらないのを見て、恵理香は狙点を変えたようだ。

空になった弾倉を落として、ふたつ目を差し込んだ。

側面にあるリリースボタンを左の掌で叩いてボルトを閉鎖し、レーザーサイトの緑の光点を蜘蛛の脚の付け根に当てて連射した。

発射と同時に、無数の空薬莢が空中に散乱する。

蜘蛛が悲鳴を放った。

緑の飛沫が飛び散り、脚が何本かちぎれて落ちた。

がくっと体勢を崩した大蜘蛛が、フロアを滑ってきた。

その頭部めがけて、彩乃がM870ショットガンを連射する。

醜悪な複眼と牙の頭部が爆発したように四散し、蜘蛛が断末魔の悲鳴を上げた。

「とんだブラック企業ね」

空ケースを弾きながら、彩乃がいった。

受付カウンターの横、粘液にまみれた社内案内を見ると、西島の職場があると思われる〈企画・制作室〉は八階にあった。

蜘蛛が出てきたエレベーターの箱の中は無数の糸と粘液でいっぱいだ。

それを見て彩乃が首を振る。

「階段で行ったほうがよさそう」

三人で走った。ミロが周囲を見回してから、ついてきた。

8

「ヤマちゃん。もうすぐ鶴見川だ。そこを渡れば川崎に入るぞ」

助手席で成田がゲンノウで自分の肩を叩きながらいった。「これでいよいよ横浜脱出だ」

第一京浜——国道十五号を彼らのクラウンが走っていた。

なぜか対向車もなく、前後にも車が一台も見えない。

この道がこれほど空いているのは異常だった。しかし彼らはかまわず走り続けていた。

「でも、おやっさん。自分たちだけ逃げていいんですか」

運転席の山西が訊いた。

「失敬な。逃げるのではない。一時撤退という奴だ。携帯電話も固定電話も通じないし、俺たちが警察庁にじきじきに出向いて、警察庁長官殿にじきじきに事の次第を報告するまでだ。わかっとるのか、あん?」

「いや、それはそうとして……」

山西がブレーキを踏む。赤信号だ。

「おいおい、ヤマちゃん。信号なんざ無視していいんだよ。捜査車輛だぞ。パトランプを出してだな。大手を振って信号無視を――」

言葉の途中でサイドウインドウが派手な音を立てて割れた。

振り向くと、全身、白の毛むくじゃらな雪男のような怪物が、車外に立っていた。

大きな目を剥き、牙が並ぶ口を開いている。

「なんだ?」と、山西がいった。

怪物はひと声、吼えると、破れた車窓から手を差し入れ、成田の首を掴んで締め付けた。

「く……」

一瞬、気が遠のきそうになった。

右手に持っていたゲンノウを思い出し、それで怪物の太い腕を思い切り叩いた。二度、三度と叩きつけると、ふいに力がゆるんだ。

「このぉ!」とっさに上着の下から拳銃を抜いて、撃った。

「警察、なめんなよぉ!」

運転席の山西も絶叫しながら、同時にニューナンブを発砲した。

毛むくじゃらの屍鬼が顔に銃弾を浴びた。たたらを踏むようによろめくが、倒れはしなかった。

「おやっさん。拳銃のタマが利かないみたい」

「ずらかれ!」

いわれて山西がアクセルを踏んだ。

ふたりが乗ったクラウンがタイヤを鳴らし、急発進する。

ちょうど前からふらつきながらやってきた二体のゾンビ――中年男と老婆を思い切り撥ね飛ばし、そのまま加速する。

夜のように昏い第一京浜を突っ走る。

パチンコ屋の前を通り過ぎると、道路がわずかに坂になる。

「橋だ！　あそこを渡りきったら川崎だ」

興奮して成田が叫んだ。

周囲にまったく他の車がいない四車線の道路を、彼らの車は疾走する。

橋にさしかかり、渡り始めた。

成田は興奮したように、しきりに貧乏揺すりをくり返している。

「もうすぐ、渡りきります」

「おお」

成田が叫んだとき、異変が起こった。

前方右手にパチンコ屋が見えてきた。見覚えのある店名だった。

「支店か？　やけに近いな」

成田がいったとき、山西がぐっと息を呑んだ。

「おやっさん。同じ店ですぜ」

「そんな莫迦な。さっき通り過ぎたばかりじゃないか」

ゲンノウで肩を叩き、貧乏揺すりをくり返しながら成田が怒鳴る。

「俺たち、横浜に戻ってるみたいですぜ」

「ヤマちゃん」成田は唇を歪めてニンマリ笑った。「器用な奴だな。いつUターンしたんだよ。あ？　とっとと引き返せ。このすっとこどっこいが」

「Uターンなんかした憶えがないんですが」

急ブレーキを踏んだ山西が、ステアリングをせわしなく回す。

そして元来た道を引き返し始めた。

それから一分と経たぬうちに、また前方にあのパチンコ屋が見えてきた。ネオンサインが昏い空に煌々と灯っている。

「……いったい、どうなっとるんだ」

茫然として成田がつぶやく。

「ほとぼりが冷めるまで、パチンコでもやっていきますか」

憑《つ》かれたように惚けている山西を見て、成田はだしぬけにネクタイを掴んで力任せにグイグイと引っ張った。

「ふざけておるのか、このボケが！」

「お、おやっさん。う、運転が……」

ふたりのクラウンが蛇行し始めていた。

9

五階フロアにようやく到達して、神谷が膝に手を突いて喘いでいる。

「もうバテたの？」

息も切らさずに彩乃が訊いた。

「すみません。日頃、運動不足なもんで」

肩を揺らしながらいった神谷が周囲を見て驚く。「恵理香さんは？」

黒沢恵理香がいつのまにか消えている。

彩乃はニコリと笑う。

「大丈夫。彼女は基本、別動班なの。自由にさせておいたほうがいいわ」

そういって左耳に装着したブルートゥースのハンズフリーマイクを指差す。

「彼女とは常時、これでつながってるし」

「おふたり、戦闘に馴れてらっしゃるんですね」

「訓練したからね」

「訓練？」

「アラスカに渡って三年ばかり、元傭兵のプロにいろいろと習ってきたわ」

「まさかそんな人間がこの国にいるとは思わなかった」

「私だって自分がこんな人生をたどるとは予想もしてなかった」

「いったいどういう経緯で？」

「もとは出版社勤務。それもオカルト雑誌の編集部。トラブルといえば上司のセクハラに悩むぐらいの平凡な人生だったわ。それがたまたま奴らが引き起こした異常な事件に巻き込まれて、ノーエスケープ。否《いや》が応でも修羅の道を選ぶしかなかった」

「次は俺の番というわけですか」

彩乃が口許を吊り上げた。

「逃げるならどうぞ」

「まさか」

神谷が笑った。「自分からいい出したんです。最後までついていきますよ」

そういった彼の顔に、彩乃はＭ８７０ショットガンの銃口を向けた。

「何を――」

驚く神谷の服を掴んで無造作に引きずり倒しざま、立て続けに三発、ぶっ放す。

目映ゆいマズルフラッシュの向こう、巨大な顎《アギト》を開いていたワニの顔が粘液を飛沫き、背後の壁にそれが飛び散った。

〈第二会議室〉と書かれたドアの隙間から、そいつは急に飛び出してきたのだ。

体長は五メートル以上ありそうだった。ダブルオー・バックの散弾を浴びて、砕けた顔のまま、ワニはなおも彩乃に向かってきた。

ポンプアクションをくり返しながら、さらに二発。

小豆《あずき》大の弾が九粒。一度に散開しながら飛ぶ。その猛烈な威力で屍鬼の顎や牙が粉々に砕けてゆく。

しかも破魔の力を持つ銀弾である。

巨大なワニは頭部を完全に砕かれて、そのまどうと横倒しになった。

彩乃は吐息を投げ、魔物の姿から目を逸らさずに、ショットガンを裏返しにしてチューブ弾倉に五発の散弾を装填した。

シャコッ、シャコッと独特の音がする。

やがて〝巨ワニ〟の躰が青白い炎に包まれて燃え始めた。

神谷がのろのろと立ち上がった。

「大丈夫？」

「マジで殺されるかと思いました」

青ざめた顔で彼は答えた。

「もしかして死んだ方が楽と思うかもよ」

彩乃はショットガンに補弾しながらいった。

「これから先、どれほどおぞましいものを見ることになるかもしれない」

ふいにミロが低く唸った。

見れば、背中全体から尻尾に至るまですべての毛を逆立てている。

ハッと向き直った。

およそ三十メートルばかり先の通路の向こうに影があった。

それはミロによく似た姿の獣だった。

見た目はシンリンオオカミそのもの。しかし体長はミロの二倍近くはありそうだ。

鼻の脇に無数の皺を刻み、唇を震わせて唸りながら剥き出した黄色い牙。それが見る見る伸び始めた。

青い目が爛々と光っている。

身を低くかまえながら、前肢を曲げて、しなやかな足取りで彩乃たちに向かって歩き始めた。獣臭が鼻腔を突いた。いや、もっとおぞましい邪な感じのする臭気。

吊り上がった双眸は彼女らに向けられたまま、絶え間なく洩れる野太い唸り声が地響きのようだ。、
彩乃が腰だめにM870をかまえた。

のっそりと動いたミロが彼女の前に出た。

狼犬が後ろを振り向く。

彩乃と目が合った。

《ここは俺にまかせろ——》

ミロがそういっているのがわかった。

躰に流れる野生の狼の血。それが騒ぐのだと彩乃は悟った。

まがいものの狼の姿をとった屍鬼の存在を、ミロは許せないのだ。

魔狼がまた前進してきた。唸りながら頭を低くかまえ、ミロに向かってくる。

ミロは右に離れて少し距離を置きながら、敵の側面に回り込もうと移動する。

二頭がにらみ合いながら、ゆっくりと入れ違いに弧を描くように歩く。

大きさの差は歴然としている。魔狼はミロの一・五倍はありそうな体躯だ。

しかし迫力ではミロも負けていなかった。

それまで彩乃に見せたことのない凶相——マズルに皺を刻み、目を吊り上げ、耳を伏せて牙を剥き出している。

全身の毛を逆立て、そして怒りの唸り声。

魔狼が突然、跳躍した。

飛びかかってきたところをあっさりかわしたミロが床を蹴った。

空中で身をひねるようにして、ミロは魔狼の躰を捉え、首に牙を立てた。相手を横倒しに叩きつけざま、激しく頭を振って屍鬼の喉笛を咬みちぎった。

――勝った！

彩乃が思ったとたん、横倒しになった魔狼が全身を震わせた。

突如、その躰全体から無数の触手が伸びて、のしかかるミロの頭や胴体に巻き付いた。

強烈な力で締め付けられたミロが悲鳴を洩らした。

「卑怯な！」と、彩乃が叫ぶ。

ショットガンをかまえるが、ミロに散弾が当たるため、引き鉄を引けない。

無数の触手はなおも力を増して、ついにミロが目を剥いた。口蓋から白く泡を吹いている。

「ミロッ！」

彩乃がショルダーホルスターから拳銃を抜こうとしたときだった。

神谷が走った。

両手でかまえた大型リボルバーの銃口を、魔狼の頭部にあてがい、発砲した。

耳を聾《ろう》するような・四四マグナムの銃声。反動で銃身が跳ね上がった。

屍鬼が絶叫する。

触手の力が一瞬、ゆるんだ。

その隙を逃さず、ミロが激しく胴震いしてから相手にのしかかり、ふたたび相手の頸部《けいぶ》に太い牙を突き立てた。

屍鬼が悲鳴を放った。

獣の発する声ではなく、機械的に合成された音のようで、しかも甲高い。胴体から放射線状に広がった無数の触手が激しくのたうち、パタパタと床を叩く。

だがミロは容赦なく、さらに牙を深く突き立てて頭を激しく打ち振った。

ついに魔狼の頭部が切断されて、粘液を飛び散らせながら床に転がっていく。

頭を失った屍鬼の胴体が、そして壁にぶつかった魔狼の頭部が、いっせいに青い炎を発して燃え始めた。

「神谷さん。ありがとう」

彩乃にいわれて彼は少し照れ笑いした。

「無我夢中でした」

煙をまとうリボルバーを握ったままの右手の甲で、額の汗を拭っている。

ふたりはミロを見た。

さっきまで死にかけていたというのに、彩乃の狼犬は素知らぬ顔で伏臥し、粘液に汚れた前肢や胴体をしきりに舌を鳴らして舐め始めていた。

10

破れたままのサイドウインドウから、冷たい風が車内に吹き込んでいる。

ステアリングを握ったまま、山西が思わずスーツの襟を立てた。

ふたりの車は仕方なく市内に戻っていた。

「ヤマちゃん。いったい、どうなってんだ」

　助手席で貧乏揺すりしながら、成田がいった。火の点いていない煙草をくわえたままだ。

「俺に訊かないで下さいよ。ぜんぜん現状を理解してないんですから」

「ま、理解しろったって無理な話だわなあ」

　他人事のように成田がいい、またせわしなく貧乏揺すりをして、ゲンノウで肩をトントンやり始めた。

　その揺れが運転席にも伝わってきて、山西は不快に思ったが声にはしなかった。

「それにしても何だなあ。ここは本当に横浜《ハマ》なのかい」

　闇に包まれた港湾都市。

　街明かりがまばゆいばかりに輝いているが、往来をゆく車もなく、人の姿もない。

　ただ、ときおり異形の影が群れとなって、歩道を走り、ビルとビルの隙間から姿を現す。

　何か動物だとか、爬虫類だとか、あるいは蟲《むし》めいたものが、視界の隅を這っていたりもする。

　空には人の顔をした鳥たちが無数に舞っていた。

　おそらく人々は屋内に逃げ込み、息を殺しているのだろう。うかつに外に出たら、たちまちかれらの餌食だ。

　街路を彷徨う魔物たちは、車道を走るふたりのクラウンにちょっかいを出してくる。

　そのたびに山西がアクセルを踏み込み、思い切り撥ね飛ばす。

　おかげでフロントガラスにはびっしりと青や緑の粘液がこびりつき、何度もウオッシャー液を飛ばしてはワイパーで拭っていた。

「ところで俺たち、これからどこへゆけば？」

山西にいわれて成田が一瞬、黙り込んだ。

「お前、帰る家はあるのか」

「両親亡くなってるし、長年、独身寮ですから」

「だったよなあ。俺だって、五年前に熟年離婚でカミさんに逃げられて以来、ずっと安アパートにひとりだ」

「で、どこに行きます？」

「どこったって、そら、職場に戻るしかねえだろうが」

ゲンノウで激しく肩を叩きながら成田がいった。

「港町署に立てこもるんですか」

「〈要塞警察〉って映画、知ってるか」

「ジョン・カーペンターですね。おやっさん」

「さすが、わかっとるなあ」

ふたりで呵々《かか》大笑していたとき、ふいに異変に気づいた。

〈県庁前〉と書かれた交差点にさしかかった瞬間、紫色の光が見えた。

通りの右手、真っ暗な空を染めるように異様な光が揺れているのである。

「何だ？」

あんぐりと口を開け、成田がつぶやく。

「横浜スタジアムの辺りですよ」

光は明らかに地上から放たれていた。不安をもよおすような、禍々しい感じのする輝きだった。

見ているうちに背筋が寒くなった。

「どうします」と、山西。

「どうするったって、行ってみるしかねえだろ。俺たちゃ、これでも警察官だ」

山西は片手で懐からニューナンブを抜いて見

せた。

「この拳銃、通用しませんでしたけど」

「とにかく行ってみるんだよ」

いわれて山西は渋々といった様子でアクセルを踏み込んだ。

みなと大通りを南西に向かっていく。左手に横浜スタジアムが見えて、それがだんだんと近づいてくる。

あの紫色の不気味な輝きは、やはりそこから空に向かって放たれていた。

奇妙なことに、近づいていくにつれ、大勢の歓声のような声が聞こえてくる。

「ヤマちゃん。もしかして、日本シリーズの最終戦か？」

「時期はずれもいいとこですよ。たしか〈横浜開港記念祭〉の何かのイベントが、ここで行われているはずでしたが……」

「こんな不気味なパニックが街じゅうに広がってるのに、〝ハマスタ〟じゃのんきにイベントか？」

「俺に訊かないで下さいよ」

横浜スタジアムの前に車を横付けにした。

ドアを開き、外に出る。〈ベイスターズ〉のアーチがかかった門を抜けて、ふたりは走った。

芝生広場を抜けて、レフトスタンドの入り口になる7ゲートに到達する。

グッズショップもインフォメーションセンターもチケット売り場も、まったくの無人である。なのに、球場の中から拡声された男の声と歓声が聞こえる。

「中日ドラゴンズのセリーグ優勝のとき以来だなあ」

「それ、何年前の話っすか」

外野側から球場内に入った。

スタンドの観客席は満員で、アリーナの人工芝生の上に設置された椅子にもびっしりと客がひしめいていた。

三万というスタジアムの収容人数だが、その大半が埋め尽くされていた。

しかも老若男女、いずれもふつうの横浜市民だと思われた。そして中央には大きな特設ステージがセッティングされていて、強烈な照明が目映ゆいばかりだ。

真上にはこう記された大きな看板がかかっている。

〈横浜開港記念祭BIGイベント　ライヴ・コンサート&みなとクイーン決定戦！〉

ステージの真ん中に司会者が立って、大声でしゃべっていた。

その後ろには強烈なスポットライトを浴びて、五人の若い娘たちが色とりどりのロングドレスやミニスカート姿で立っていた。

司会者の男は小太りで、ブルドッグを思わせる肉のたるんだ顔にレトロな丸眼鏡をかけていた。

白シャツに真っ赤な蝶ネクタイ。片手にマイクを握って、興奮した口調で叫んでいる。

――横浜開港記念祭。最終日の今夜、最高潮に盛り上がった〈みなとクイーン・コンテスト〉決定戦！　さあ、栄誉あるクイーンの王冠を授かるのは、この五人のうち、いったい誰か。いよいよ、結果発表です。

音楽が流れ、ドラムが高鳴った。

周囲の客席やアリーナにひしめいている観客

たちが次々と立ち上がる。

そんな様子を、成田と山西は階段の上に立って見つめていた。

外のパニックをよそに、まるで別世界のようだ。

「いったい、何なんだ」

成田がつぶやいた。

ドラムがさらに高鳴っていく。

「しっ。いよいよクイーンが決定しますよ、おやっさん」

「な？」

成田が振り返ったが、山西は惚けたようにステージを凝視したままだ。

――さて、栄誉ある第一回〈みなとクイーン〉。見事に選ばれたのは……。

幾重ものスポットライトが目まぐるしく走り回った。

居並ぶ五人の娘たちの姿を、山西は憑かれたように見つめている。

――市内山手区在住、港南大学英米文学部一年生の新宮さやかさん。あなたに決定です。おめでとう！　さやかさん！

アリーナと客席の歓声がいちだんと高まった。

総立ちである。

歓声が大きなうねりとなっていた。

何重ものスポットライトを浴びたのは、純白のドレス姿の娘だった。

長い黒髪に細面の顔。

鼻筋のよく通った顔に大きな眸。

新宮さやかという名の娘が列を離れ、ステージの中央まで歩いてきた。

均整のとれたスタイル。そしてその美貌。

場内にひしめく観客――男も女も、あらゆる年齢の市民たちが、そこに立つ娘の美しさに目を奪われ、熱狂していた。

すさまじいばかりの歓声。

そして拍手。

あちこちでフラッシュが瞬き、音楽がさらに続き、熱狂の声は静まることがない。

その頃になると山西ばかりか成田までもが、光を失った目でステージに立つ美女を見つめていた。

魂を奪われたような表情で、大勢の観衆たちの声と興奮のうねりに身をまかせていた。

11

彩乃たちが八階に到達したのは、それからまもなくのことだった。

照明に照らされた通路に、ドアが並んでいる。屍鬼たちの姿はまったくなかった。というか、不気味なほどにここは静か過ぎた。

――彩乃さん。いま、どこ？

ブルートゥースのハンズフリーから、恵理香の声が飛び込んできた。

送信ボタンを押して彼女は応える。

「八階のフロアにいるわ」

――何となく罠の匂いがしない？

「ひしひしと感じてる。ここで何かを仕掛けてくるつもりね、きっと」

――こっちはバックアップの準備完了。

「OK。頼りにしてるわ」

通信を終えたとき、彩乃がそれを見つけた。

エレベーターホールが近くにあり、その先に

〈企画・制作室〉と書かれたドアがある。

灰色をしていて真鍮のノブがついている。それは近代的なこのビルの中で、やけに古風なデザインだった。だから妙に浮いて見えるのである。

「西島のオフィスがあるのはここです」

そういって神谷が歩き出そうとした。

「待って」

彩乃が彼の肩をつかんで止めた。

「どうしたんです」と、神谷が向き直る。

「やっぱり、ミチルはこのビルにはいない」

低い声でつぶやく彩乃を、神谷がじっと見つめた。

「それって……」

「彼の気配を偽装して、私たちをここに追い込んだのね」

突然、ミロが唸り、吼えた。

驚いた彼は狼犬を見てから、ドアに目を戻した。

ドアに異変が起こっていた。

全体に皺が入り、うねり始めたのだ。

見ているうちにノブが勝手に回り、ギイッと音を立てて、それがわずかに開いた。

ドアの縁と壁の間に、互い違いにギザギザになった無数の歯が並んでいた。

「何だ……」と、神谷がつぶやく。

「屍鬼よ。知らずに開けたらパックリやられてたわね」

「まさか、そんな?」

「前に車に化けた屍鬼もいたわ。奴らは人間が作り出すトラウマなら、どんな姿にでもなれる」

ふいにドアが動き出した。

壁自体がスライドするように前進して、すさまじい速さで彩乃たちに迫ってくる。

同時にさらに大きく開かれたそこに鋭い無数の牙が光り、涎《よだれ》のような粘液を垂らしている。

彩乃がショットガンを撃った。

少し遅れて神谷が拳銃を発砲した。

ドアの屍鬼に無数の弾痕が穿たれる。しかしそれ自体の突進は止まらない。

視界いっぱいに迫ったドアの屍鬼が、しきりと開閉をくり返し、牙を鳴らす。

さらに数発、発砲してから、彩乃がいった。

「逃げるわよ」

とっさに踵を返し、ポニーテイルの髪を揺らしながら走り出した彩乃。続いて走るミロ。あわてて神谷があとに続いた。

そんなふたりと一頭を追いかけて、ドアが迫っていた。

突き当たりの角を曲がったとたん、彩乃が足を止めた。

そこに人影があった。

グレーのスーツを着た中年男の後ろ姿。片手に煙草を指に挟み、紫煙がくすぶっている。

一見、ふつうの人間のようだが、彩乃には違うとわかる。殺気を放っているからだ。

ショットガンを向けると、男がゆっくりと振り返った。

ガッシリと頑丈そうな顎に大きな鼻。これ見よがしに臙脂色のネクタイを締めている。

神谷が喉を鳴らした。

「瀬戸警視正……」

彩乃が眉根を寄せる。「誰？」

「上司です。いや、元上司というべきだ」

少し震える手つきで大型拳銃をかまえ、神谷がいった。「今は屍鬼になっている」

「元気そうだね、神谷くん」

屍鬼がいった。少しひずんだ声だった。

「久美をどうした」

すると彼が目を剥き、笑った。

「久美か……」

煙草をくわえて煙を吸い込み、ゆっくりと吐き出した。「俺が喰った」

「喰った……？」

「美味かったよ。やっぱり若い女の肉は味が違う」

「貴様」

神谷は両手でかまえた・四四マグナムの拳銃を突き出した。拇指で撃鉄を起こした。

撃った。


歯を食いしばりながら、一発、二発。

瀬戸の躰の前で小さく爆発が起こったように赤い閃光が瞬いた。

「死にやがれ！　化け物！」

三発目。やはり閃光が走る。

「弾丸が届いてない」

彩乃がつぶやいたその瞬間、瀬戸警視正の躰が震え始めた。

頭髪がいきなり四方に伸びたかと思うと、大きくくねった。シュルシュルと音を立てて空中で躍る髪が、すべてヘビになっているのに気づいた。

「こいつ、バイアティスか！」

「バ……何です？」

「屍鬼じゃない。格が違うわ。旧支配者の仲間よ」

ゴーゴンかメドゥサのように無数のヘビを頭部から生やしながら、瀬戸警視正だった〝もの〟が歩いてきた。

同時に周囲の空間が揺らめき始めた。

屍鬼だけじゃない。邪神もこの街に姿を現している。

それがどういう意味か、彩乃は悟った。

――この街はほとんど〈ゾーン〉に〝転移〟している。あとはお前たちを殺し、生け贄を古き神にささげるだけだ。あきらめろ、おまえらの負けだ。

「決めつけないで。私はしぶといのよ」

瀬戸だった魔物が足を止めた。

――出でよ、ツァトゥグア。

「まずい。地の精を呼び出している」

歪んだ空間がいっそうねじ曲がって、黒々とした影がひずみから押し出されてくるように出現した。

召喚されたのは二メートル以上はある両生類のような化け物だ。

前肢に水かきがあり、巨大なツメがあり、ガマのような姿なのに全身が粘液に濡れ光った焦げ茶色の被毛に覆われている。

頭部には鋭い角のようなものがふたつ。

奇怪な叫び声が耳をつんざかんばかりだ。

その魔物が彩乃たちに向かってきた。

「退却！」

彩乃が叫んだが、背後からはあのドアの姿をした屍鬼が大きな口を開きながら迫っていた。

傍らで狼犬ミロが「くぅ」と悲しげに哭いて、大きな尻尾を垂らした。

「完全に挟み撃ちにされたわね」

神谷が真っ青な顔でいった。「どうするんです」

「仕方ないわ。プランBで行くことにする」

「え。プランBって？」

彩乃がニヤリと笑った。

「行き当たりばったりというやり方よ」

そういって振り向きざま、腰だめにかまえたショットガンを連発でぶっ放した。

急速に迫ってきたドアの屍鬼に無数の孔が穿たれ、けたたましい悲鳴が上がった。さらに三発。

甲高い悲鳴とともに、ドアに巨大な孔が穿たれた。

素早くショットガンを裏返しにして、ローディングゲートから五発を装填する。内部の九粒の弾丸にありったけの念を込めながら。そしてポンプアクション。

立て続けに三発。

ドアの屍鬼が身をよじりながら咆吼した。

大きく開いた孔の向こうに、漆黒の空間があった。そこに風が吹き込んでいる。通路の空気全体が渦動《かどう》していた。排水口に吸い込まれるように――。

彩乃たちがよろめく。ドアに開いた孔がすべてを吸い込もうとしていた。

「行き当たりばったりって、こういうのですか」

そう叫んだ神谷の腕を彩乃が掴んだ。

ショットガンをスリングで肩掛けすると、すぐ近くにある〈非常階段〉と緑色の明かりが点灯した下の扉の、スチールのノブに手をかけた。

背後からツァトゥグアが迫ってきた。

巨大な顎《アギト》を開き、無数の牙を剥き出しにしていた。

　魔物との接触を間一髪でかわしざま、彩乃は神谷を掴んで非常階段の扉の向こうに転がり出す。ミロがすかさず続く。

　怒りの絶叫。

　ツァトゥグアがドアの孔にまともに吸い込まれた。

　巨大な体躯が一瞬にして圧縮されるように細くなって、異空間に消えた。

　彩乃と神谷は力を合わせて非常階段の扉を閉じた。

　異様な絶叫が途切れた。

　真っ暗な狭い通路だった。コンクリの階段が上と下に続いている。

　神谷が吐息を洩らした。

「助かったみたいですね」

「そう思うのはちょっと早いかも」

　彩乃がいったとき、下のほうから異様な音が聞こえてきた。

　わさわさとたくさんの何かが登ってくる。小さな無数の足音がだんだんと迫ってきた。

　腰のホルダーからシュアファイアのフラッシュライトを抜いた彩乃が、テールボタンを三度押した。

　最大光量、六百ルーメンの白色光が狭い非常階段を照らしたその先、フードをかぶった小さな妖精のような生き物が無数に、短い手足を振って駆け上がってくる。

　フードの中の顔は真っ黒だが、赤い目がふたつ、異様に光っている。手足にはそれぞれツメが伸びているのが見えた。

それらが、ペチャクチャと異様な声を発しながら階段を駆け登ってくるのである。〈スター・ウォーズ〉に出てくる廃品集めが好きなエイリアン〝ジャワス〟にそっくりな姿だ。

「上に――！」

彩乃に続いてミロ、最後に神谷が走り出した。

「恵理香。聞こえる？」

走りながらブルートゥースの無線機で送信した。

――感度良好。ミチルは確保した？

「ここにはいない。罠をかけられたらしいわ。これから屋上に向かう」

――階下は？

「奴らでいっぱい」

そのとたん、向こうがクスッと笑った。

「何？」

――彩乃さん。またプランBを選んだでしょ。例の行き当たりばったりという奴。

「わかってんのなら、さっさと配置について！」

――織り込み済みよ。だから、もう準備万端整ってる。

彩乃は舌打ちをして通信を切った。

12

満場の歓声を前に、新宮さやかが特設ステージに立っていた。

表情はなく、まるで人形のように虚ろな顔。美しい眸はすっかり生気を失っていた。

ステージの脇から出てきたスーツ姿の女性が、さやかの頭に七色の宝石をちりばめた王冠をそっとかぶせる。

その間、さやかは微動だにせず、背筋を伸ばしてマネキンのように佇立している。

成田は球場の客席の間、階段の途中に立ち、もうろうとした意識の中で、それを見つめていた。

隣にいる山西も、魂を抜かれた夢うつつの表情で目映ゆいいスポットライトの中で演出されたステージを凝視していた。

蝶ネクタイに小太り、丸眼鏡の司会者がマイクを持って向き直る。

——おめでとう、新宮さやかさん。みなさま、もう一度、盛大なる拍手をお送り下さい。

アリーナや客席にひしめく観客たちがまた総立ちになり、万雷《ばんらい》の拍手をする。しかしながら、その誰もがうつろな表情で、笑みも浮かべず、興奮もない。ただ、声に操られるように全員がいっせいに反応しているだけだった。

その拍手がまばらになり、やがて横浜スタジアム全体が静寂に包まれた。

——レディース・アンド・ジェントルメン!

司会者の声がふいに野太くなった。重低音を伴う響き。

しんと静まりかえった球場内に、それははっきりと伝わってきた。

——では、みなさま満場の中、これより〝儀式〟を始めます。今日、ここで選ばれた〈みなとクイーン〉、新宮さやかさんは、深い海底の底で、長きにわたって眠りについておられた旧支配者の復活のため、栄誉ある生け贄として魂と肉体を捧げられるのです。

静寂は続いていた。

成田は茫然としたまま、その奇妙な声を聞いていた。

旧支配者とは何だろう。

〝儀式〟って、いったい何のことだ。

――そのプレゼンターは、新宮さやかの恋人である藤木ミチルくん。

司会者の男の顔が、ふいに変化を始めた。

目が大きく開かれ、口が裂けて異形の顔になり始めていた。

差し出された手の指先には鋭く尖ったツメが伸びている。

スポットライトが幾重にもなって目まぐるしくステージ上を走り、ふいに止まったそこに、痩せた青年が立っていた。

色白でまるで少女のような美しい顔をした若者だった。

どよめきがわき起こり、また拍手が送られた。

藤木ミチルと呼ばれた青年が、ステージ中央に歩いてきた。

その表情は新宮さやか同様に虚ろだった。

アシスタントのスーツ姿の女性が、赤いリボンを柄に巻いた長大な剣を真横にして掲げ、藤木ミチルに差し出した。

青年は無表情のまま、その長い剣を受け取った。

そうして両手で持ち、王冠をかぶせられた〈みなとクイーン〉――新宮さやかに対面して立った。

真横に持っていた剣をゆっくりと旋回させると、さやかの喉首にそれをピタリとあてがう。

さやかは無表情のまま、光を失った目でミチルを見つめていた。

司会者がマイクに向かっていった。

――ここで満場のみなさまがたには、そろそろ目を覚ましていただきます。ステージで行われる究極の惨劇が、みなさまの恐怖と絶望をあおり、そのエネルギーを受けて深き眠りについていた海底神殿ルルイエが浮上、ついに大いなる神、クトゥルーが覚醒するのです。そして時代が変わる。人間どもの醜い歴史が終わりを告げ、旧支配者がこの星を取り戻す。

ステージを包む空間が、少しずつ揺らぎを始めていた。

同時にかすかに海の匂い——汐の香りのようなものが場内に漂い始めた。

それでも満場は静まりかえっていた。

人々は憑かれたように中央のステージを凝視している。

そのとき、成田はハッと目を覚ました。腕時計にセットされたアラームが、かすかな電子音を立てたせいだった。長年の持病である痛風《つうふう》の薬を飲む時間だと思い出した。

「あ……いったい俺は何をやってんだ」

そう、つぶやいた。

しかし隣に立つ相棒の山西は、相変わらず夢見るような目でステージを凝視していた。

その腕を掴んで揺さぶった。

「おい、ヤマちゃん。しっかりしろ。目を覚ませ！」

そのとき、頭上に羽音が聞こえた。

驚いて顔を上げた成田の目に、大きな鳥のシルエットが飛び込んできた。一羽……二羽……いや、もっとだ。しかも鳥たちの頭は人間の女のそれであった。

スタジアム上空を旋回するように飛翔し、やがて降下してきた鳥たちは、広い球場を取り囲むように外郭の六カ所に立てられた巨大な照明塔、高出力LEDが並ぶ三角形のライトの上に次々と下りたって留まり、翼を折りたたんだ。

　全部で六羽。

　しかし場内の人々はそれに見向きもせず、相変わらず憑かれたような顔を並べて、中央のステージを見つめているのだった。

13

〈屋上入り口　関係者以外立入禁止〉

　赤い文字のプレートが貼られた鉄扉は、頑丈にロックされていた。しかも扉自体が分厚く、かなり手強そうだった。

　彩乃はショットガンの薬室と弾倉の散弾実包を抜き、腰に巻いた弾帯から一粒弾《スラッグ》をとると、フレーム側面の排莢口に放り込んでフォアグリップを戻した。

「少し下がってて！　弾丸が跳ねるかもしれないから」

　そういって神谷とミロを待避させ、ソウドオフ銃の引き鉄を絞った。

　着弾とともに火花が飛び散り、ドアノブが吹っ飛び、大きな孔が開いた。

　硝煙をまとったショットガンを片手に、彩乃はドアを蹴り開けた。

　冷たい風が吹き込んできた。

　外は昏い。しかも雲もないのに星ひとつ見えない。

　あちこちでオーロラのような光が怪しく瞬き、輝く鱗粉をまき散らしながら屍鬼の巨大魚が高い空を悠然と泳いでいるのが見えた。

屋上にはいくつものパラボラアンテナや、垂直の長いアンテナが林立している。

ふいに建物の中からざわめきが聞こえたかと思うと、フードをかぶった小さな妖精たちが、出入り口から次々と屋上に姿を現した。

それらが飛びかかってくる前に、ミロが襲撃した。

屍鬼を一体ずつくわえては振り飛ばす。

神谷がM29リボルバーをかまえて撃とうとしたが、撃針が雷管を叩く音がした。

あわててシリンダーを振り出し、エジェクターを叩いて六つの空薬莢を排出した。

ポケットから取り出したスピードローダーをもどかしげに弾倉にセットする。

が、そこに小さな屍鬼が飛びついてきて、神谷の右手に鋭い歯を立てた。

激痛。

苦悶の声を洩らして、神谷が振り払う。

屍鬼は吹っ飛んだが、左手に持っていたスピードローダーもはじけ飛んで、足許のコンクリの上に・四四マグナム弾が散乱した。

そこに小さな屍鬼がまた飛びついてきた。

まともに頭に組み付かれ、大きな口を開けて剣山のように鋭い牙を顔に突き立てようとする。

彩乃がそれを靴先で蹴飛ばした。

吹っ飛んでコンクリの上に落ちたところに、スプリングフィールドM1911を抜いて、両手保持で連射する。

青い粘液を飛沫いて屍鬼がもんどり打つ。

残る数体はミロが片付けた。狼独特の敏捷性で、飛びかかっては咬み付き、振り回し、吹っ飛ばしてしまう。

神谷が痛む右手をかばいながら、ローダーでM29の弾丸を再装填した。

彩乃も散弾銃にショットシェルを装填した。弾帯に並べた実包も半数を切っている。

そのとき、屋上への入り口から、男の影が現れた。

神谷の上司、瀬戸警視正だった魔物バイアティスだ。

無数のヘビの髪の毛をくねらせながら、悠然と歩いてくる。

さらにいくつもの影が男の背後から出てきた。

大きな翼を持つモノ。牙を剥き出したモノ。形が不定型な軟体動物。昆虫のような姿の屍鬼もいた。

まるで百鬼夜行だと彩乃は思った。


彩乃とミロはじりじりと後退った。

神谷も屍鬼に咬み付かれた右手をかばいながら、少しずつ屋上の縁へと追いつめられる。

――そろそろ最期のときが来たようだな、深町彩乃。

瀬戸警視正だった魔物がひずんだ声でいった。

頭から無数に生えたヘビがそれぞれ威嚇するように舌をちらつかせ、口を開いて牙を剥いた。

――神谷くん。君も頭から喰ってやろうか。お前の婚約者みたいにな。

そういって魔物が高笑いした。口の中に獣のような牙が並んでいるのが見えた。

「くそったれ!」

神谷が拳銃をぶっ放す。

だが、あのときのように銃弾は魔物の躰の直前で赤く炸裂し、四散した。

――ムダなあがきだということがまだわからんか。

また、ひずんだ声で魔物がいった。

頭の周囲で蠢き、のたうっていた無数のヘビのうちいくつかが、瞬時に飛んできた。

信じられない距離を一瞬で跳躍したヘビたちが、彩乃や神谷に巻き付いた。それぞれが無数の牙を剥きながら、ヘビたちが口を開いて威嚇してくる。

彩乃も神谷も身動きがとれずにいた。生臭い爬虫類の臭いが鼻腔を突く。

彩乃のショットガンが、神谷のリボルバーが、それぞれ金属の重々しい音を立てて足許に落ちた。

ふたりは身をかがめることすらできない。頭も胴体も、手足も、それぞれ無数のヘビが巻きつき、絡みつき、威嚇の音を立てながら牙を剥いているのだ。

ミロが唸り、飛びかかろうとした。

「待って、ミロ」

彩乃が止めた。「あなたがいくらがんばっても、これじゃ、どうにもならないわ」

――見たまえ。偉大なるショーの始まりだ。

魔物が傍らを指差し、彩乃は振り返った。

屋上の手摺り越しに横浜スタジアムの巨大な球場が見下ろせた。

そこが紫色の光に包まれているのがわかった。まるでナイターが行われているときのように群衆の歓声のようなものが聞こえた。

「あそこでミチルとさやかさんを?」

――そのとおり。ふたりとも生け贄だ。いにしえの神殿ルルイエを、深き海の底から、ここに復活させるためのな。

「お前たちがよみがえらそうとしているのは、まさか――！」

――クトゥルーだ。

もっとも忌まわしき邪神の名だった。

彩乃の全身に巻き付いたヘビの一匹が、喉許を這い上がってきた。

シュルシュルと音を立てながら舌を出し入れし、頬の辺りで口を開き、牙を誇示する。

鮮やかな斑模様の毒ヘビだった。エラが張ったような姿がキングコブラに似ていた。

「彩乃さん……」

神谷のうわずった声。

顔じゅうにまきついたヘビの胴体で、彼の目しか見えなかった。その目が泳いでいた。

脚がガクガクと震えている。

むりもないと思う。こういう状況を絶体絶命というのだ。

しかし彩乃は臆さず、呼吸を整えた。

邪神のひとりバイアティス。かつて瀬戸警視正と呼ばれていた魔物の躰の前面に、あのバリアのようなものは感じられなかった。

ふたりが銃器を足許に落としたため、安心したのだろう。

今なら銃弾で斃せる。

しかし、武器は数メートル先に落ちている。

少しでも動こうものなら、全身に巻き付いた無数のヘビたちがいっせいに咬み付き、毒牙を突き立ててくるだろう。

もっとも、それは彩乃にとって、まさしく折り込み済みのことだった。

彼女は目を閉じ、ゆっくりと三つ数えてふたたび目を開いた。

魔物の背後——パラボラアンテナの基部に、忽然と緑色の小さな光点が出現した。

ポツンという感じでそれは点った。

彩乃が横目で見ていると、それはゆっくりとコンクリの壁面を這うように下りてから、邪神バイアティスの足許から胴体へと、小刻みに揺れながら這い登り、顔の真ん中に定位した。

そのときになって、魔物が初めて気づいた。

自分の目と目の間にグリーンのレーザー光が輝いていることを。

魔物の表情が変わった。

——貴様ら、まさか！

彩乃がほくそ笑んだ。

「くそったれ《イピカイエ》。マザーファッカー！」

彼女の声とほぼ同時に遠からぬ場所から銃声が轟き、無数の銃弾が飛来した。

隣のビルの屋上からだった。

バイアティスの顔面が、一瞬にして蜂の巣状に孔だらけになった。粘液が爆発したように飛び散り、空中にまき散らされる。

振り返ると、隣接するビルの屋上に黒沢恵理香の影が小さく見えた。

彼女はM４Ａ１カービンをかまえ、正確に三点射で弾丸を送ってくる。オレンジ色の銃火がまたたき、闇を切り裂いている。

ダダッ、ダダッという銃声とともに、銃弾の嵐が男の上半身全体を貫く。

——オオオオオオ！

魔物は苦悶と呪詛の叫びを放った。

さらなる銃撃。

バイアティスは着弾の衝撃で躰全体を震わせ、

大きくのけぞった。

主のコントロールを失ったヘビたちが、彩乃や神谷の躰から剥がれ落ち、足許で苦しげにのたうっている。

彼女はとっさに足を踏み出し、前に落ちていたショットガンを掴んで拾うと、疾走しながらバイアティスに向かってぶっ放した。

十二ゲージ、ダブルオー・バックの強烈な散弾を間近から浴びて、魔物が両手を開くかたちで文字通り、吹っ飛んだ。

空中にいる間に、青白い業火を放って燃え始めた。コンクリートに叩きつけられ、炎が四散した。

すかさずフォアグリップをしゃくって空薬莢を弾き、周囲にいた他の屍鬼たちめがけて連射をぶち込む。

神谷もM29リボルバーを両手でかまえて撃った。耳をつんざく銃声とともに、マグナム弾が屍鬼たちの躰を破壊する。

勝負は一瞬にしてついた。

屍鬼どもが燃えて灰になっていた。彩乃たちに巻き付いていたヘビたちも、黒焦げになってあちこちに残骸があるばかりだ。

屋上の縁に走り、隣のビルを見た。

M４A1カービンを持った黒い戦闘服姿の黒沢恵理香が、片膝を突いた射撃姿勢のまま、拇指を立てるサムアップ。

彩乃も黙ってそれに応えた。

そのとき、風が歓声を運んできた。

見れば、横浜スタジアムを包む紫の光。それがふいに消えた。

闇の中で歓声が途絶え、奇妙な静寂に取って代わった。

あそこでいったい何が起ころうとしているのか。

M870ソウドオフショットガンを裏返し、散弾を込めながら彩乃がいった。

「これからあそこに乗り込むわ。神谷さん、あなたはもう仇討ちが終わったんだし、リタイヤしてもいいのよ」

「いっしょに行きます。この街で何が起ころうとしてるのか、最後まで見届けたい」

寄り添ってきたミロの耳の後ろを撫でながら、彩乃がこう訊ねた。

「それは警察官としての職務？」

目を細め、神谷はしばし考えてからいった。

「関係ない。もう決意したんだ」

彩乃がふっと笑った。

14

横浜スタジアムを包む歓声は途絶えていた。場内を充たしていた紫色の不思議な光が消え、辺りは薄闇に包まれている。

そしてアリーナに特設されたステージ上のスポットライトだけが、目映ゆいばかりに光り輝いていた。

そこに立っている〈みなとクイーン〉――新宮さやか。

そして長剣を握って、彼女の首筋にあてがう藤木ミチルの姿。

ともに人形のように無表情だった。

しかし、場内は次第にざわめきに充ちてきた。

心の束縛から解き放たれ、我に返った観衆たちが、目の前で起こっている光景を見て騒ぎ始めたのである。

そしてスタジアムを取り囲む外壁、その六カ所に立てられた三角形の照明塔の上に、それぞれ一羽ずつ、巨大な黒い鳥が留まっている。

その鳥の顔は般若のような鬼面であった。

司会者の声がまた響く。

——美貌の女の鮮血がステージに振りまかれ、そしてその肉が屍鬼どもによってズタズタに食いちぎられる。ここにお集まりのあなた方は、その一部始終を見届けることになる。

マイクを持って興奮気味の口調で叫んだ。

場内の空間の揺らぎはいっそう激しくなり、潮の匂いはヘドロのような臭気になっていた。

そして揺らぎの中に、巨大な神殿の影がいよいよはっきりと姿を現してきた。

深海の底に揺らぐ太古の建物。どっしりとした円柱の姿。

「どうします」と、山西が訊いた。

「どうするってなあ……」

成田は途惑ってから、こういった。「俺たちゃ、こう見えても警察官だし」

ふっと山西が吐息を投げ、笑った。

「やりますか」

懐から拳銃を抜く。

成田も抜いた。それを空に向けて引き鉄を引いた。

轟然たる銃声が数発。

「みんな。とっととここから逃げろ！」

成田が叫んだ。

群衆がいっせいに立ち上がり、出口に向かって走り始めた。

――お前ら！

ステージ上の司会者の怒声が聞こえた。

同時に各所の照明塔に留まっていた魔鳥たちが、いっせいに巨大な翼を広げた。

そして一羽、また一羽と滑空してくる。

成田と山西めがけて――。

「ヤマちゃん。撃て！」

いわれて引き鉄を引いた山西。しかし、空撃ちの音がした。

「おやっさん。弾丸がもうないっすよ」

「くそ。俺も同じだ！」

人面鳥たちが羽音を立てながら空中を滑ってきた。

成田と山西。ふたりとも金縛りに遭ったように硬直し、魔物たちの到来を見つめる。


ふいにグリーンレーザーが闇を切り裂き、鳥の一羽に当たったかと思うと、鼓膜を破りそうな連続射撃音が轟いた。

無数の羽根が飛び散り、人面鳥が空中できりもみになって落下した。

続いて二羽目。

レーザーサイトの輝きが当たったとたん、銃弾が襲い、人面鳥が絶叫を放って羽毛を四散させた。

そのまま、どうと音を立ててアリーナの客席に叩きつけられる。

無数の椅子が散乱した。

出入り口に殺到する観客たちに逆らうように、黒い戦闘服姿の黒沢恵理香の姿。

M4A1カービン銃をかまえている。

「あいつ……例のCJの歌手ですぜ」

たまげた顔で山西がいった。

耳をつんざく銃声とともに、彼女の銃から長いマズルファイアが火炎放射器のように噴き出した。

刑事たちに向かって急降下していた鳥が、銃弾の嵐に貫かれる。

翼の片方がちぎれて、きりきり舞いしながら落下してきた怪物が、成田のすぐ目の前に音を立てて落ちた。

四羽目は別の銃声とともに落ちた。

犬の声がして、成田が振り返る。

反対側の出入り口から群衆に逆らうように走ってきたのは、タンクトップにカーゴパンツ姿の若い女。

両手で短く切ったショットガンらしきものを持っていた。

彼女の狼犬も従っている。

驚いたことに、彼女とともにいるスーツ姿の長身の男。それは神谷鷹志だった。

「まさか、県警本部の警視どのまで？」

成田の声をよそに、神谷は銃身の長いリボルバーを半身になってかまえ、空に向けて発砲した。

野太い銃声とともに銃口が火を噴き、頭部を貫かれた魔鳥が悲鳴を放ちながら落下した。

最後の一羽はまた黒沢恵理香が仕留めた。

手馴れた仕種でＭ４Ａ１カービンを肩付けしてかまえると、引き鉄を絞る。

発砲の反動に震える銃から、無数の金色の空薬莢がバラバラと飛び出し、足許に落ちて跳ねる。

発射された無数の銃弾は正確に空中の魔物を

捉えた。

羽毛が爆発したように飛び散り、魔鳥が背中からアリーナ席に叩きつけられる。

いくつもの椅子が爆発したように四方に飛び散った。

驚いたことに、落下した魔鳥たちは、たちまち青い炎に包まれて燃えてゆくのである。

深町彩乃と神谷、そして黒沢恵理香が歩いてきた。

「おまえら、銃刀法違反で逮……」

いいかけた山西の口を手で塞ぐと、成田がいった。

「おかげで助かった。俺たちだけじゃなく、たぶん、大勢の命がな」

「勝負はこれからよ」

決然とした表情で彩乃がいった。

全員で振り返る。

スポットライトの強烈な光にさらされたアリーナの特設ステージ。そこに三つの影が立っていた。

＊

横浜スタジアムの広大な空間全体が揺らいで、巨大な海底神殿のシルエットが実景にオーバーラップするように見えていた。

しかし、その揺らぎが次第に薄れていき、同時に神殿の姿もだんだんと視認できなくなっていった。

ルルイエと呼ばれる海底神殿がふたたび時の彼方に遠ざかっていく。

小太りで丸眼鏡、蝶ネクタイ姿の司会者が憎悪の目で彩乃を見ていた。

ミチルは、魂を抜かれた顔で右手に持った長剣をさやかの首にあてがっている。

「早くやれ」

司会者が焦って怒鳴る。「その女の喉首を掻き斬れ！」

だが、ミチルはピクリとも動かない。

彩乃が口許で笑った。

「ミチル。芝居もいい加減にしなさい。あなた、もう元に戻ってるんでしょ」

すると藤木ミチルの視線がふいに動いた。ステージの下に立つ彩乃を見て、ふっと笑う。

「彼女に落とされる前、自己暗示をかけていたんだ。さやかの姿を見たら、覚醒するようにね」

「すると、お前はここに立った時から？」と、司会者。

「そういうこと」

ゆっくりとさやかの首から長剣を離すと、それを素早く水平にふるった。

小太りの司会者に逃げる余裕も与えず、その首を一瞬にしてはねた。

緑の粘液を散らして飛んだ頭部が重たい音とともにステージの上に落ちて転がり、眼鏡がすっ飛んだ。

しかし、首を失っても司会者はまだ立っていた。

ごていねいに右手にマイクを握ったままだ。

「そろそろ正体を現してもらうわ。西島直之！」

彩乃が低い声でいった。「いや……あんたはもちろん人間ではない」

その言葉を受けたかのように、頭部を失った司会者が全身を震わせた。

粘液が傷口からほとばしったかと思うと、首から新たな頭が盛り上がるように生えてきた。汚液に濡れ光ったその顔は西島直之その人の容貌。

しかし、さらにその頭から不快な粘液の音を立てながらタコの足のような触手が無数に生えてきた。

同時に西島の顔が歪むように崩れて、その中央に真っ赤な目が出現した。

握っていたコードレスのマイクが、ステージの上に落ちて弾んだ。

蝶ネクタイと白いシャツが膨らんで千々に裂けた。

胴体からも無数の触手がうねりながら出現した。

全体が大きなボール状の魔物だった。そしてそこから無慮数千の触手が生えて唸り、中央に真っ赤な巨大な目がひとつ見開かれている。

「何て姿だ。あれも屍鬼なのか」

茫然とした顔で神谷がつぶやいた。

「いいえ。あれは雑魚の屍鬼とはわけが違う。本当の名はという洞窟と暗黒の神、シアエガ」

彩乃が落ち着いた声でいった。「古き神々の仲間よ」

邪神シアエガの怒りが充ちていくのか、周囲の空気が微動し始めた。

大きな赤い目は瞬きもなく、周囲の触手の群れがうねうねと奇怪にくねっている。

ミロが低く唸り、吼えた。

彩乃はショットガンの銃口を向けた。

恵理香がM４A１カービンをかまえる。

最後に神谷が大型のマグナム・リボルバーを両手で保持した。

「ねえさん。こいつだけはぼくが倒す」

ミチルの声がした。彩乃が驚く。

彼は冷ややかな顔でゆっくりと視線を移し、無数の触手をうねらせる邪神をにらんだ。それから傍らに立つ恋人に目をやった。

「さやか。君も覚醒してしまったんだね。〝発現者〟として」

ミチルに寄り添うように立つ美貌の娘。

その大きな眸に生気がよみがえり、ミチルを見つめた。

哀しみを秘めた目で彼にうなずく。

彼女の両親は屍鬼どもによって殺されていた。しかもそれが自分自身が背負った運命ゆえにであった。そのことをさやかは知っているのだろう。

「さやか。君の力を貸して」

ミチルは彼女の右手をそっと取り、優しく握った。

さやかが目を閉じた。そしてミチルも。

忽然と、ふたりの前に〝スフィア〟が出現した。宝石のようにきらめき、青白く輝く美しい光球が空中に揺れている。

その輝きがしだいに増してきて、ヒュンヒュンという音を立て始めた。

邪神が悲鳴を放った。

全身を覆ってうねる触手を、目にも留まらぬ速さでミチルに向けて放った。

そのとたん、〝スフィア〟の輝きが最大級になった。まるでそこに小さな太陽が出現したようだった。

触手の群れが空中で制止した。

「みんな、伏せて！」

彩乃の声。

神谷がとっさに前に身を投げ出した。

成田と山西が足を滑らせたように座席の間にひっくり返った。

彩乃がミロの首にしがみつくようにして、ふたりで低く伏せた。

〝スフィア〟が爆発したように飛び散り、邪神が絶叫した。

一直線になってミチルたちに向かって伸びていた触手が、瞬時に燃えた。

ふたりの前にいる邪神の姿が大きく揺らぎ、そのかたちが押しつぶされていった。

洞窟と暗黒の神、シアエガ。

闇の世界からよみがえった旧支配者の仲間が、苦悶の悲鳴を放った。

真っ赤な目が大きく見開かれたかと思うと、触手がバラバラにちぎれ飛び、胴体が破裂して四散した。

すべてが光にのみこまれ、消滅していった。

「ミチルっ！」

彩乃が叫んだ。

目映ゆい光輝は、それが生じたときのように唐突に消えた。

真っ暗になったステージ。

彩乃はミロとともに、ゆっくりと立ち上がった。

神谷が、そして成田たちも立った。

全員が目を凝らしていた。

グロテスクな邪神の姿は跡形もなかった。

観客がいっせいにいなくなった横浜スタジアムのアリーナ。

特設ステージの上に、ふたりの姿があった。

藤木ミチルと新宮さやか。

彼らは抱擁し合っていた。

さやかがミチルの胸に顔を埋めていた。ミチルがそっと優しく包み込むように、彼女の背中に両手を回している。

成田が起き上がり、となりに山西が立った。

「やっつけたのか」

彩乃がうなずいた。「完璧にね」

恵理香を見て、彼女に拇指を立てる。すぐにサムアップが返ってくる。

足許では狼犬ミロが何事もなかったかのように、前肢をしきりに舐めている。

「これからどうすんだよ、この街」

茫然と山西がつぶやく。

「明日になれば、何事もなかったかのように元通りになるわ」

彩乃の言葉が信じられない成田。しきりに顔をしかめている。

「こんな、ばーっと凄いバケモンどもがたくさん出てきて、いっぱい市民が犠牲になったじゃないか。それがどうやって元に戻るんだよっ」

「横浜の人口が少し減る。だけど、誰もそのことに気づかない」

「そんな莫迦な……」

あっけにとられる成田を見て、神谷がいった。

「このことに関するわれわれの記憶も、おそらく明日になれば消えてしまうでしょう」

彩乃を振り返り、彼はいった。「ですよね？」

「残念ながら、そう」

「あなたと恵理香さんの記憶はそのまま？」

「何しろ、どちらも関係者だからね」

「だったら記憶がなくなるまえに、せめて祝杯をあげませんか？　あの店で」

「お酒、飲めないんじゃないの？」

意地悪く笑う彩乃に、神谷が笑みを浮かべた。

「オレンジジュースでおつきあいしますよ」

「つまんない男」

そういって彩乃がそっぽを向く。

「まんざらでもないくせに」

小声でいって、恵理香が彼女の腕を拳で軽く叩いた。

ミロが大きく口を開け、欠伸をひとつしてから、口角を吊り上げてニヤリと笑った。

それから全員でステージに目を戻す。

ミチルとさやかはまだお互いに抱き合っていた。

――あんたもいい子を見つけたね。

彩乃は心の中でそうつぶやいたときだった。

視界の片隅に何かが見えた。

ハッと向き直る。

スコアボードのある外野席の途中に、小さな影。

ふわりと浮き上がった赤い風船がひとつ。

それは風にとらわれて、ゆらりゆらりと揺れながら、少しずつ高く昇っていく。

「北本真澄……」

彩乃がつぶやいた。

風船はなおも空に向かって上昇し、やがて闇に溶け込むように見えなくなった。

終章

深町彩乃はいつもどおり遅い時間――午前九時に目が醒めた。

枕許のスマートフォンが鳴ったからだ。

もぞもぞと動き、シーツの下から片手を伸ばし、手に取った。液晶画面を見ると、藤木ミチルからだった。

「もしもし？」

――ねえさん。おはよう。ゆうべも遅かったの？

「うん、まあね」

髪をかきあげてから、いった。「あれからどう？」

――とくに何もないよ。さやかともうまくいってる。

「彼女、港南市に引っ越したんだってね」

――ご両親が亡くなったからね。大学に近いところにいい物件があったんだ。

「いっしょには暮らさないの」

――それも考えたけど、彼女も〝覚醒〟した以上、ねえさんとは別の〝守護者〟が現れると思う。

「そっか。ひとりでふたりの面倒を見切れないよね」

――昨日、〈ミス・キャンパス委員会〉から連絡があって、さやかを秋の大学祭のイベントに推薦したいっていってきた。

「断ったんでしょ」

――うん。そりゃね。

「あなたとふたりなら、ベストカップルなんだけどな」

――地味に生きていくよ。あまり目立つといいってる。

ろいろとよくないし。

「そうね。それがいいかも」

――また、連絡する。ねえさんもあまり暴れないで。

「何いってんだか」

苦笑したとたん、通話が切れた。

ふうっと吐息を投げて、仰向けになり、ひび割れと染みだらけの天井をしばらく見上げた。

ペチャペチャと音がするので見ると、傍らの床に敷いたマットの上で丸くなっていた狼犬ミロドラゴビッチが顔を上げ、欠伸をしてから、前肢で自分の顔をマッサージしていた。

ゆうべもまた、ずいぶんと飲んだ。恵理香とふたり、バーボンの罎を一本、空にした。

ミロもアメリカンビールのスタイニーボトル三本を、ボールに入れてもらい、舐め尽くしていた。

けれども、宿酔《ふつかよい》はない。

とりわけ〝守護者〟である彩乃は、アルコールでしとどに酔いはするが、それを体内から除去する能力も持っている。

ミロが酒に強いのは持ち前の個性である。

犬という動物がどれだけアルコールへの耐性があるかは判然としないが、もしかすると相棒である彩乃の力に影響を受けたのかもしれない。

ベッドから下りて、洗面所に向かった。

パンとコーヒーの質素な朝食のあと、フロアで筋トレをし、サンドバッグを叩く。

およそ三十分、軽く汗を流してから、スウェットに着替え、ミロといっしょに外に出かけた。

穏やかな波間に船舶が揺れるヨットハーバーを越して、海岸沿いの歩道を軽やかに走った。ミロが斜め後ろを駆けている。ホテル・ニューグランド前を通過し、中華街を抜けた。

途中から右に折れて桜木町方面へ向かった。公園で清掃している老人。ジョギングをしている大学生たち。港湾の職場に向かう男たち。顔見知りの面々に手を挙げ、挨拶を交わす。みんな笑顔で応えてくる。

相変わらずいい街だ。

いっぱしの都会なのに、東京にはない人々の繋がりがある。港町独特の人情が、彩乃にはとても素敵に思える。

あれから一週間が経過していた。

第三十七回の〈開港記念祭〉を無事に終えた横浜市は、今日も平和な朝を迎えていた。

陰惨な事件の形跡は跡形もない。

派手な銃撃戦をやった〈みなとメディア・コミュニケーションズ〉の社屋ビルは、今、〈東亜証券株式会社　横浜支店ビル〉と看板が変わっている。

最初からそうだったということになっているのだ。スーツ姿の社員たちがせわしげに正面入り口から出入りしている。

旧支配者と呼ばれる邪神たちのため、歴史から消えかけたこの街だったが、それが未然に阻止され、すべてが元通りになった。

破壊のあとはすっかりきれいになり、死んだ者は最初からいなかったことにされ、見事なまでに〝辻褄合わせ〟が行われていた。

三百六十八万の横浜の人口。

それが昨日まではもっといたことを、市民のほとんどが知らない。

悲劇はそれを知る者がいなければ成立しない。そう考えるしかない。

横浜スタジアム。

そのゲート前で足を止め、彩乃は大きな球場の建物を見上げた。

ちょうどそこに黒の旧式トヨタ・クラウンが徐行しながらやってきて、車道から路肩に寄って停車した。

サイドウインドウが下りて、運転席のヒゲの刑事、山西が顔を見せた。助手席にはいつものように成田が座っていて、ゲンノウで肩をしきりに叩いている。

「ランニングか？　女探偵」

山西が無愛想にそういった。

彩乃が少し笑う。ふたりはあのときの記憶をすっかり失っている。

「何、笑ってやがんだよ」

「いいえ。何でもない」

傍らに停座するミロの頭を撫でながら、彩乃はそういった。

「ヤマちゃん。朝っぱらから、そんなにトゲトゲするなよ。ま、いいじゃねえか」

助手席の成田がいい、わざとらしくニンマリと笑った。

「お嬢さん。今度、ラーメンでも食おうや。黄金町に美味い屋台の店があるんだ」

「いいわ。いつでも誘って」

ミロといっしょに走り出そうとすると、軽くクラクションを鳴らされた。

立ち止まって振り返る。

「いいか。もう二度と、俺たちの縄張りにちょっかい出すなよ。今度こそ面倒見きれんぞ」

成田の声に彩乃が笑ってうなずく。

「警察、なめんなよ。女探偵」

そういって山西がウインドウを閉めた。

クラウンがゆっくりと加速し、彩乃を追い抜いていった。

そのとき、トレーナーのズボンの中で携帯が震えた。すぐに取り出してスマートフォンの画面を見る。驚いたことに、県警本部の神谷鷹志だった。

耳に当てた。

――神谷です。あの夜は遅くまでつきあって下さって、どうも。

驚いた。

「あなた、まさか記憶が消えてないの？」

やや間を置いて声が返ってきた。

――どうやら、ぼくも〝関係者〟に組み込まれたようです。

「そのようね」

――実はさっそくで悪いんですが、〝奴ら〟に関する新しい情報が入ってます。

「何？」

――この街は今、関西系の前園組と旧銀竜会の生き残りが集まった東和会というふたつのヤクザ組織が対立しているんですが、連中同士の抗争が、この三日間で過激化しました。それにからんで異常な死体が何度となく見つかっているんですよ。人間業と思えないほど鮮やかに胴体を切断されたり、頭だけがドロドロに溶けた姿で海から引き上げられたり……。

「まさか、屍鬼や邪神がヤクザの世界に？」

――信じたくない話ですが、自分もあの異常な世界を覗いてしまいましたからね。

「わかったわ。ちょっと会えるかしら」

――じゃ、また山下公園で。

「諒解」

通話を切った。

ミロが心配げに見上げているので、彩乃は腰をかがめて頭を撫でた。

「お互い、休む暇もないわね」

そういうと、ふたりで踵を返し、海に向かって走り始めた。


（了）

あとがき（またまたネタバレ注意！）

どうせなら誰も書かない、いや、書けないホラーをやってみよう。

アクションのあるホラー小説というよりも、まんま銃撃戦まっただ中のホラー小説ともいうべきジャンルを考えたのは、それが始まりだった。

もともとそういった作風のライトノベルを書いていたし、今でも支持して下さっている、かつての読者の方々も少なからずいらっしゃる（というか、本当はみなさまに現在の山岳小説までしっかりつきあっていただきたいのだけど、それはもしや作家の傲慢か？　笑）。

ともあれホラー小説に関して、アクション映画ばりの銃撃戦が成立するかどうかは、難しいところだ。すなわち敵である〝あやかし〟という存在に対して、人間の武器である銃弾が通用するかどうか、そこに尽きる。

実体のない敵に対して物理的なダメージが与えられるはずがない。

幻だとか幽霊だとか、そんなものに向かって銃を撃っても無意味。銃弾が威力を発揮するのは、標的に命中し、そのスピードと質量が破壊エネルギーに変換されるがゆえだ。

狩猟用の弾頭は、当たった瞬間に先がつぶれてキノコ状に変形することによって、対象物に破壊的なダメージを与える。

軍用に使われるフルメタル・ジャケットなどの徹甲弾は、逆にそれを貫通し、あっさり突き抜けることによって、相手に直接の死をもたらさず、むしろ致命的な戦傷者を多く作り出す。戦場において死者は放置されるが、重傷者は回収しなければならない。そのことによって敵軍に深刻な被害を与えることを目的としている。

いずれにしても、標的が実体であるがこそ、銃弾の効果は発揮される。

ゾンビだとか狼男などのモンスターなら、実体として銃弾を受ける効果があるかもしれない、しかし幽霊なんて存在は空間に投影された映像のようなものだから、銃弾によって倒すことはできない。

ところが、そういった幻だとか影のようなものが、ホラー映画や小説では往々にして物理的に人間に危害を加える。呪いであるとか、祟りによって誰かを不幸にするのならともかく、幽霊がいきなり闇の奥から両手を伸ばしてきて「グキッ」と被害者の首をひねって殺すとか、そんな陰湿な攻撃を人間に対してしかけてくるのであれば、〝あやかし〟自体も実体化していなければ不可能なはずである。

この〈ファントム・ゾーン〉のシリーズにおいて、屍鬼たちは実体を持つ個体もいれば、実体を持たぬ幻影もいる。しかし、それが人間に危害を加えるときは、いずれも実体化をするという設定にしてみた。

その瞬間を狙って撃てば銃弾の効果はあるはず。

とりわけ、魔物を倒すときに威力がありそうなのは散弾銃――ショットガンである。

それも鳥撃ち弾――バードショットみたいな小さな粒々じゃなくダブルオー・バックだとか3インチ・マグナムなど狩猟用の大粒の散弾。至近距離で食らったら、人間の身体なんてちぎれてしまう。

そんなすさまじい威力の銃が、人知を超越した魔物に対して効果があるとしたら、これほどスカッとする話はない。

しかも相手が人間でなく、魔物であるから、テレビゲームのようにバタバタと敵キャラを斃すことに、さほどの罪の意識も感じない。

七〇年代からアメリカのアクション映画を観て育ってきたぼくにとって、何といってもショットガンという存在は絶大だった。スティーヴ・マックイーンのような手練れの俳優が無造作に扱うポンプアクションのショットガンの演出は鳥肌ものだった。

とりわけサム・ペキンパー監督の映画〈ゲッタウェイ〉のスローモーションを多用した階段での銃撃戦！　サブマシンガン対ショットガンの迫力あるシーンのすさまじさ。銃を知り尽くしたマックイーンと、それを演出できるペキンパーだからこそ、あの場面が撮影できた。

日本の映画ドラマに出てくる役者は銃をかまえてしまう。つまり、カッコつけているのである。

ところが、かの国の俳優はわざとらしくポーズをとってかまえたりしない。日常生活の道具のひとつとして銃を扱っているためか、ごくごく自然にムダな動きもなくそれらを使いこなす(中には例外もいるが)。ただ、無造作に標的に銃口を向けて、撃つ。

そうしたプロっぽさが粋に思えたものである。

本作で、主人公の深町彩乃が愛用するのはレミントンM870。アメリカでもスタンダードなポンプアクション式のショットガン。狩猟から警察、軍隊にまで多用されている。

しかも、その銃身と台尻を短く切り落としたソウドオフと呼ばれる違法銃だ。

これはショットガンという大型銃の携行性をよくするための処置だが、当然、銃身を短くすると散弾の散開パターンが大きくなり、遠距離になるとまったく効果がなくなる。一方で、至近距離でこんなのを食らったらひとたまりもない。それほどパワーのある銃となる。

ただし極端に銃身の短い銃はコントロールが難しく、本来、肩付けする台尻すら切ってあるため、強烈な射撃の反動を、射手は両手だけで受けねばならない。

サイド・バイ・サイド――水平二連と呼ばれる古いタイプのショットガンがある。サベージ社のスティーブンス311Aをソウドオフにしたものも、彩乃は使用する。

これは映画『マッドマックス』で主人公のメル・ギブソンが使用した。

M870のようなポンプアクション式は、リピーターシステムという構造上、銃身と台尻を切り落としてもさほど短くはならないが、二連銃は単純な構造なのでかなり短くなる。だから、彩乃の設定に関して、ふだんの屍鬼狩りの際は秘匿性を重視して水平二連。ラストのド派手な銃撃戦——とりわけ近接戦闘ではポンプアクションを使うということにしてみた。


一方、深町彩乃の相棒は、美貌の歌手、黒沢恵理香。

前作〈邪神街〉に続いての登場であるが、かなりキャラを変えてクールなスナイパーにしてみた。

彼女が愛用するのはレミントンM700。

これもアメリカのかなりスタンダードなボルトアクション式ライフルだ。軍用でも使われ、M40という名で呼ばれている。

また恵理香は近接戦闘用にM4A1カービンという、ゴルゴ13でお馴染みのM16アサルトライフルの発展型である軍用銃を使う。しかもダットサイトにレーザーサイト！　この銃がどんな威力を発揮するかは、大団円間際のラストのアクションシーンをお読みいただきたい。

次にふたりが愛用するサイドアーム。

ともに・四五口径のセミオートマチック拳銃。コルト・ガバメントとして知られたM1911のパテントが切れて、各メーカーからOEMというか、内部構造とデザインをまんまコピーしたカスタムが発売されるようになった。その中でも人気なのが、スプリングフィールド・アーモリー社と、かつてコルト社のライバル的存在だったスミス&ウエッソン社だ。

彩乃と恵理香は、そのM1911を使用する。

現代銃の代表としては、何と十七発の装弾数を誇るグロックがある。

最近のアクション映画で、登場人物は猫も杓子もグロックを使っているし、実際にぼくがゾンビがうようよと徘徊する世界に放り出されたとしたら、M4カービンとともに、迷うことなくこのグロックを選ぶだろう。それほど実用的かつ信頼性のある拳銃だ。

しかし、あえて作中では無視した。

だれかが〝グロック問題〟などと笑っていたのだけど、このグロック。あまりにデザインが稚拙なのである。

作中で〈CJ's BAR〉のマスターがいったように、まるで絵的なセンスのない子供が適当に絵に描いたような角張ったフォルムに、ぼくは何の魅力も感じない。だから愛すべき登場人物たちには、昔ながらの・四五口径の拳銃にこだわっていただくことにした。

その他、映画〈ダーティハリー〉でお馴染みの強力な・四四マグナムを撃てるリボルバーM29など、銃器類のオンパレードのように、作中にはさまざまなGUNが登場する。

というわけで、ファントム・ゾーンの最新作〈邪神狩り〉。

横浜という古い港町でありながら、近代都市に変わってゆくこの場所を舞台に、想像を絶する怪異が進行していくメインストーリーとともに、登場人物たちがプロなみのテクニックで使うさまざまな銃の描写をご堪能いただきたい。ページをめくるうちに、耳をつんざく銃声。そして濃密な硝煙の匂いと真鍮の空薬莢が落ちる渇いた音が、きっと聞こえてくるだろう。


さて次回作。

今度もまた、本作と同じ横浜が舞台。

終章でもちらりと書いたように、ひとつの街に縄張りを奪い合うふたつの暴力組織の抗争があり、そこに何と古き邪神がかかわっているという――ハメット〈血の収穫〉あるいは黒澤映画〈用心棒〉のクトゥルーアクション・バージョンをてらいもなくやっちゃうというわけだ。このシチュエーションは松田優作の映画でもパクられてたっけ？

ゆえに題して――『邪神遊戯』！

わかる人にはわかるこのタイトル。ニヤリとしてくれる読者がいたら、とてもうれしい。

まだまだ物語は続くはずである。

余談――絶対に書かないだろう（たぶん）近未来的予告

●『激突!!　邪神拳』

いにしえの神々から中国奥地に連綿と伝わってきたといわれる一子相伝、伝説の殺人拳法。その始祖の遺伝子を受け継いでいた主人公が血を吐くような修行を重ねた二十年。無敵のファイターとなった彼の前に立ちはだかったのは、旧支配者を神と崇める邪教集団。彼らの日本征服を阻止するために、秘拳を駆使して戦う！　息もつかせぬ疾風怒濤の格闘技小説、ここに登場！

●『ジャシンガーZ』

太平洋の某所、深海にあるといわれる海底要塞ルルイエから出現し、各地に上陸して襲撃しては国土を破壊する邪神獣たち。人類はそれに対抗するため、パイロット搭乗型巨大ロボットを開発。邪神獣たちとハイテクパワーのロボットが超絶バトルを繰り広げる、ハイパーメカニクスSFクトゥルー小説。

●『ジャシン・ゴジラ』

深き海底に眠っていた旧支配者が、核実験の放射能の影響で超巨大化！　怪獣の姿となって東京湾から上陸し、首都を襲撃する。政府の対応は後手に回り、内閣危機管理センターにおいて自衛隊の防衛出動はありか、それとも害獣駆除かで論争の最中、最終形態に進化した邪神は強烈な熱線で首都を焼き払う！　果たして人類の勝利はあり得るのか？

以上、あくまでも、ノリです。
期待しないでね！

二〇一六年十二月某日
樋口明雄

ファントム・ゾーン
邪　神　狩　り

2017年　2月1日　第1刷

著　者

樋口 明雄

発行人

酒井 武史

カバーおよび本文のイラスト　末弥 純
帯デザイン　山田 剛毅
オオカミの写真　一般社団法人日本オオカミ協会・知念さくら氏撮影

発行所　株式会社　創土社
〒165-0031　東京都中野区上鷺宮 5-18-3
電話 03-3970-2669　FAX 03-3825-8714
http://www.soudosha.jp

印刷　株式会社シナノ
ISBN978-4-7988-3040-7　C0293
定価はカバーに印刷してあります。

クトゥルー・ミュトス・ファイルズ　好評既刊

ファントム・ゾーン　シリーズ

『邪神街』上・下

樋口明雄

本体価格・一〇〇〇円／ノベルズ　カバーイラスト・末弥　純

〈御影町〉という名のひとつの街が消えた。人々の記憶からも歴史の記録からも消え去ってしまった。オカルト雑誌の編集者、深町彩乃は取材帰りの電車の中で美少年、藤木ミチルと出会う。ふたりは行動をともにするが、魔物に変貌した人々に次々と襲われる。ふたりを救ったのは、頼城茂志と名乗る謎の男。彼はミチルの〈守護者〉なのだという。ミチルは古き邪神の復活をさまたげる〈発現者〉だった。彼を執拗に狙う〈司祭〉。彩乃たちはミチルを救い出すため、消失した〈御影町〉に潜入するが、すでに街はザイトル・クァエという邪神に支配され、人々の恐怖が具現化した屍鬼たちによって恐るべき殺戮の世界と化していた。

『超訳ラヴクラフトライト』1～3
全国書店にて絶賛発売中！
超訳
ラヴクラフトライト
Super Liberal Interpretation
Lovecraft Light
創土社